海岱诗丛（第二辑）

魅力东明

山 东 诗 词 学 会
中共东明县委宣传部
东明县文化和旅游局　编
东明县文学艺术界联合会
东 明 县 诗 词 学 会

中国书籍出版社
China Book Press

图书在版编目（CIP）数据

魅力东明 / 山东诗词学会等编. -- 北京：中国书籍出版社，2022.9

（海岱诗丛. 第二辑；1）

ISBN 978-7-5068-9178-3

Ⅰ.①魅… Ⅱ.①山… Ⅲ.①诗集－中国－当代 Ⅳ.①I227

中国版本图书馆CIP数据核字（2022）第163563号

魅力东明

山东诗词学会　中共东明县委宣传部　东明县文化和旅游局
东明县文学艺术界联合会　东明县诗词学会　编

策　　划	毕　磊
责任编辑	毕　磊
责任印制	孙马飞　马　芝
封面设计	庄俨俨
出版发行	中国书籍出版社
社　　址	北京市丰台区三路居路97号（邮编：100073）
电　　话	（010）52257143（总编室）　（010）52257153（发行部）
电子信箱	eo@chinabp.com.cn
经　　销	全国新华书店
印　　刷	山东麦德森文化传媒有限公司
开　　本	787×1092毫米　1/16
字　　数	4600千字
印　　张	226
版　　次	2022年9月第1版　2022年9月第1次印刷
书　　号	ISBN 978-7-5068-9178-3
定　　价	480.00元（全12册）

版权所有，翻印必究

海岱诗丛（第二辑）
《魅力东明》编纂委员会

主　　编：赵润田
执行主编：阎兆万　程洪涛
编　　辑：薄慕周　高怀柱　李兴来

海岱诗丛·总序

经过一番忙碌，海岱诗丛终于面世了。山东诗词学会诸位同仁推我作序，欣欣然而从命。

海岱者，山东之谓也。这套丛书收录的是当下山东诗人及诗词爱好者刚刚创作的诗、词、曲、赋，花开千树，清露未晞，芳香浓郁。丛书出全，约费五年之功，达百册之巨，规模可类《全唐诗》，是新时代山东诗词创作的盛大检阅，亦是齐鲁诗坛俊逸之才的精彩展示。

山东地处黄河下游，历史悠久，文化厚重。在这片英雄的土地上，我们的先人创造了源远流长、光辉灿烂的文化。就诗词而言，从孔夫子删编《诗经》算起，两千多年来，历代诗人词家灿若群星，名篇佳作难以胜数，尤其出了刘桢、王粲、李清照、辛弃疾、张养浩、王禹偁、晁补之、李攀龙、谢榛、王士禛等宗师大家，皎如日月，彪炳诗坛。时至今日，齐鲁大地诗风甚盛。嘉节吉时，常见诗人雅会，乡镇社区，时闻吟诵之声，年无分长幼，皆以习诗为雅、能诗为荣。尤其近年党中央倡导弘扬中华优秀传统文化，诗词事业更得浩荡东风，千帆竞发，百舸争流，蓬蓬勃勃，一派兴盛气象。

山东诗词学会，成立于一九八四年，是在省民政厅注册登记的民间社团组织，隶属于省政协办公厅，以推动诗词繁荣为宗旨。面对先贤昔日辉煌，面对时代强力呼唤，面对文朋诗友殷切期待，二〇一九年四月，全省第四次会员代表大会提出，以习近平新时代中国特色社会主义思想为指导，团结奋斗，扎实工作，推动山东诗词事业持续健康发展，力争早日使山东诗词整体水平，与山东人口大省、文化大省、诗词大省的地位相匹配，与山东在全国经济社会格局中的地位相匹配，为实现省委、省政府提出的"走在前列，全面开创"的总体要求、为建设现代化强省贡献力量。围绕落实既定目标，于是就有了"六个一"活动，包括有了这套海岱诗丛。

所谓"六个一"活动，是省学会与县市区优势互补、互利共赢、联手推动诗词发展的一种合作模式。具体做法是，由县市区负担所需经费、组织人员、提供场地，而省学会在一年内为其提供六项服务。包括在该县市区举办一次高端诗词培训，邀请一批省内外著名诗词专家讲座，与文朋诗友面对面切磋指导；组织著名诗人进行一次采风活动，创作诗词曲赋，赞美该区域悠久历史、著名景点、淳厚风情；组织一次诗词有奖征文比赛，巩固培训成果，让风人骚客同场竞技、展示才华；策划一次集中宣传报道，在省以上报刊网站，全面推介该县区发展成就、经济优势、文旅特色、典型经验；正式出版一册诗集，汇纳该区域优秀诗作，展示诸位诗友胸襟才情，反映独特社会风貌；收集一套涵盖该县区历代诗人诗作资料，从先秦至民国，应收尽收，由省学会汇总编入《山东诗藏》，以资后世学习研究之用。

作为丛书，作者众，诗作多，规模大，则长短兼具，瑕瑜互见。优势在于，覆盖面大，代表性强，品类齐全，美不胜收。其中既有抗洪抗疫之时代强音，犹如黄钟大吕，振聋发聩，也有城乡工农之平凡生活，寓目辄书，情趣横生；既有春花秋月夏云冬雪传统美境，也有高铁航天手机网络现代意象。春兰秋菊，各擅胜场，慢慢品酌，各有妙处。正如一滴水可以折射太阳的光辉，当连续吟诵、沉湎欣赏，慨叹时代生活的丰富繁华，感受诗人词家的情感激荡之外，可以体悟各种抒发背后的骄傲与自信、悠闲与满足、宽容与厚重、开放与张扬，这些都是经历过大起大落、处在奋发向上环境中所特有的。它充满生机活力，属于我们这个特定时代。

丛书之长，恰恰亦为其短。诗坛耆老味道醇美之作，只是一类，书中还确有些初窥门径，几近处女之作，犹之孩童蹒跚学步，其作品稚嫩一目了然，此类作品在书中占有一定比重。省学会已注意到这个问题。非不为也，实不能也。要提高其质量，并非一日之功，而省学会精锐饱学之士也为数非多，难以具体指导，况且时间也不允许。面对这种境况，只要政治立场、情感基调无大偏差，格律说得过去，我们就放行录入。这就使得该书诗作参差不齐，确有个别作品可能难入法眼，只能请方家以允许百花齐放之博大胸襟，予以包容。然而依我浅见，对初学之人、年轻后辈，也未可小觑。一番勤学善思，"干之以风力，润之以丹彩"，有佼佼者成长为辛、李大家，也未可知。毕竟世间无奇不有，万事皆有可能！

相对既定目标，当前所为，不过刚刚开端，展望今后，任重而道远。但既然走出第一步，有了决心、行动、典型和经验，达成既定目标便没有任何游移和悬念。可以设想，五年又或六年，当所有计划项目都事功圆满之后，山东大地，会有更多的人喜欢诗词、吟诵诗词，创作诗词，诗词大军更加宏大而严整；海岱诗坛，会有更多精品力作，如泉喷涌，万紫千红，新干老枝愈益果实累累。那时，回望今日，我们会为自己做了正确而大有价值之事，而感到骄傲和自豪。

是为序。

赵润田

二〇二二年八月

立时代潮头　创诗词新声

东明县是黄河入鲁第一县,是著名的庄子故里、中国书法之乡、武术之乡、西瓜之乡、戏曲之乡和山东省长寿之乡、门球之乡。

改革开放以来,东明县经济振兴,文化繁荣,诗词组织迅速发展。诗报、诗刊、个人诗集如雨后春笋,为世人所瞩目。县诗词学会相继荣获省市表彰,许多诗人会友的佳作不断荣登国家级报刊杂志,亦在各类大赛中获奖。

2021年阳春,山东诗词学会在东明举办了诗词培训与采风活动。我县诗词学会组织会员、诗词爱好者认真听取了来自全国著名诗人词家、专家学者的诗词讲座和省诗词学会领导的讲话。会上,山东诗词学会会长赵润田同志做了《强化责任担当,振兴山东诗词》的主题讲话,山东诗词学会副会长杨守森致开幕词并作了《诗歌与诗歌的创作》,中国韵文学会会长、南京师范大学博导钟振振作了《怎样写好绝句》、山东诗词学会顾问耿建华作了《诗词格律入门》、山东诗词学会顾问郝铁柱作了《浅谈中华诗词修心凝神的功能》、山东诗词学会阎兆万作了《新辞入诗,现代语境中的诗词创作》等专题讲座,来自国务院中央文史研究馆中华诗词研究院学术部主任、央视《诗行天下》文学指导莫真宝先生作了《读诗四要——从学习写作的角度怎样读古诗》的讲座,专家的讲座受到了与会人员的高度评价。这些讲座我们全部进行了录音录像,会后，县诗词学会又组织了回放收听，进一步提升了学习效果。市诗词学会会长孙忠生与省市县有关领导参加了这次培训和诗词文化采风活动。东明诗词学会向省市领导全面汇报了本县诗词工作情况，积极参与了"魅力东明"诗词创作活动。在省市学会精心指导下，东明诗词学会积极参与了诗词培训和采风活动，组织全体会员和诗词爱好者创作了大量诗词作品，及时结集了《魅力东明》这部诗词专辑。

《魅力东明》诗词专辑收录了来自全国各地的147位诗人的诗词作品，诗词作品达390余篇（首）。《魅力东明》专辑分为两部分：第一辑东明研学采风作品。是山东省诗词学会领导、专家学者及市、县诗词学会领导诗词作品，共32篇。第二辑"魅力东明"征稿和获奖作品。是来自全国各地诗人的应征及获奖作品，共359篇，其中获奖作品21篇。投稿作者上有德高望重的耄耋诗人，亦有年富力强的中年诗人，还有风华正茂的青年诗人。

《魅力东明》诗词专辑的出版，是东明县诗词界的一大盛事，是对东明诗词界诗人写作能力的一次检阅，是东明诗词界、文艺界的一块重要里程碑。功在当代，利在千秋。

随着这部专辑的出版，我县将按照省诗词学会赵润田会长明确的方向目标，继续努力，接续前行，不断开创诗词工作的新局面。

东明县政协原党组成员、秘书长　李福禄

目　录

◎ 海岱诗丛·总序

◎ 立时代潮头　创诗词新声

第一辑　东明研学采风作品

赵润田 ·· 01
　　东明石化纪行（新韵）（二首） ······································· 01
耿建华 ·· 01
　　东明现代农业产业园（外三首） ······································· 01
　　参观东明石化产业园 ·· 02
　　访玉皇新村 ··· 02
　　小重山·谒庄子观（通韵） ··· 02
郝铁柱 ·· 02
　　东明玉皇新村（外三首） ·· 02
　　东明庄子观 ··· 02
　　参观东明石化润泽化工 ··· 03
　　水韵玉皇田园综合体项目 ·· 03

杨守森 ········· 03
东明黄河大堤即景（外二首）········· 03
谒庄子观 ········· 03
东明春博园 ········· 03

阎兆万 ········· 04
沁园春·谒庄子观之感悟鲲鹏图南 ········· 04

王志静 ········· 04
庄子阁观感（新韵）（外一首）········· 04
玉皇新村赞 ········· 04

孙 伟 ········· 04
南华庄子观 ········· 04

陈允全 ········· 05
庄子（古风）········· 05

王厚今 ········· 05
参观东明石化产业园（新韵）（外四首）········· 05
江城子·滩区涌现大村台 ········· 06
诉衷情·东明 ········· 06
庄子吟 ········· 06
西江月·一曲战胜天灾人祸的壮歌（通韵）········· 06

薄慕周 ········· 06
南乡子·庄子（外二首）········· 06
东明庄周（农民）书画院 ········· 07
东明诗词培训 ········· 07

朱振东 ········· 07
过东明黄河入鲁处（新韵）（外三首）········· 07
访东明石化工业园（新韵）········· 07

  游东明庄子观（新韵）················07
  过东明村台（新韵）··················07
朱宪华····························08
  观东明县长兴村台····················08
  东明庄子观························08

第二辑　"魅力东明"征稿和获奖作品

于志超····························09
  诗赞东明忆旧游······················09
于明华····························09
  大美东明颂························09
  古城新韵··························09
马卫东····························10
  望海潮·漆园颂（新韵）················10
  观长东铁路复桥（新韵）················10
马世杰····························10
  建党百年瞻仰东明毛泽东纪念馆··········10
马明德····························10
  咏庄子两首························10
王元生····························11
  江城子·东明黄河滩区今昔（新韵）········11
  东明湖夜景（中华新韵）················11
  菜园集中心校、油田学校诗教采风（新韵）··11
  有感东明免费公交车（新韵）············11

王月菊 ·· 12
　　诗　教 ·· 12
　　东明新景象 ·· 12
　　鹧鸪天·文明东明（新韵） ·· 12
　　浣溪沙·精准扶贫颂 ·· 12
　　沁园春·东明赞（新韵） ·· 12

王凤钦 ·· 13
　　浣溪沙·初春游东明公园 ·· 13

王凤盈 ·· 13
　　礼赞东明滩区迁建 ·· 13
　　礼赞东明滩区迁建 ·· 13
　　【正宫·月照庭】黄河滩建思怀 ·· 13
　　【中宫·风入松】东明黄河公路大桥 ·· 14
　　鹧鸪天·庄子 ·· 14
　　鹧鸪天·忆庄子（新韵） ·· 14
　　城建有感 ·· 14

王志刚 ·· 15
　　东明印象 ·· 15

王克华 ·· 15
　　东明黄河森林公园 ·· 15

王　彧 ·· 15
　　走进东明（通韵） ·· 15

王　臻 ·· 15
　　东明县老年大学庚子乔迁记 ·· 15

支爱平 ·· 16
　　玉皇新村组诗 ·· 16

牛进民 ····· 17
赞东明绿化（新韵） ····· 17
东明五里河即景（新韵） ····· 17
东明援鄂三勇士（新韵） ····· 17
贺东明黄河二桥开工（古风） ····· 18

牛银生 ····· 18
题东明庄子故里 ····· 18

毛天申 ····· 18
东明黄河森林公园遐思 ····· 18

卢玉莲 ····· 18
咏庄子 ····· 18

卢旭逢 ····· 19
诉衷情令·东明写意 ····· 19

叶兆辉 ····· 19
游东明县感怀 ····· 19

朱大明 ····· 19
新东明 ····· 19

朱丽华 ····· 19
赞东明 ····· 19

朱金安 ····· 20
大变黄河滩（古风） ····· 20
黄河明珠（古风） ····· 20

朱宪华 ····· 20
参观东明县长兴村台 ····· 20
东明县三春春博园 ····· 20
葵　邱 ····· 21

咏东明古邑十二景 ⋯⋯⋯⋯⋯⋯⋯⋯⋯⋯⋯⋯⋯⋯⋯ 21

庄付阁
故里新容 ⋯⋯⋯⋯⋯⋯⋯⋯⋯⋯⋯⋯⋯⋯⋯⋯⋯⋯⋯ 22

刘长随
长相思·黄河（新韵）⋯⋯⋯⋯⋯⋯⋯⋯⋯⋯⋯⋯⋯ 23
祝贺2018菏泽（东明）黄河生态马拉松赛圆满成功（新韵）
⋯⋯⋯⋯⋯⋯⋯⋯⋯⋯⋯⋯⋯⋯⋯⋯⋯⋯⋯⋯⋯⋯ 23
破阵子·2019菏泽（东明）"旭阳杯"黄河生态马拉松赛（新韵）
⋯⋯⋯⋯⋯⋯⋯⋯⋯⋯⋯⋯⋯⋯⋯⋯⋯⋯⋯⋯⋯⋯ 23
南华公园早秋落日（新韵）⋯⋯⋯⋯⋯⋯⋯⋯⋯⋯⋯ 23
雁聚东明黄河滩（新韵）⋯⋯⋯⋯⋯⋯⋯⋯⋯⋯⋯⋯ 23
蝶恋花·东明万福公园春节夜景（新韵）⋯⋯⋯⋯⋯ 24

刘凤田
咏东明西瓜 ⋯⋯⋯⋯⋯⋯⋯⋯⋯⋯⋯⋯⋯⋯⋯⋯⋯⋯ 24

刘传柱
东明吟 ⋯⋯⋯⋯⋯⋯⋯⋯⋯⋯⋯⋯⋯⋯⋯⋯⋯⋯⋯⋯ 24

刘灿胜
赞东明县焦园乡2号村台喜搬新居（新韵）⋯⋯⋯⋯ 24
庄周钓鱼台（新韵）⋯⋯⋯⋯⋯⋯⋯⋯⋯⋯⋯⋯⋯⋯ 25

刘禹轩
东明见黄河 ⋯⋯⋯⋯⋯⋯⋯⋯⋯⋯⋯⋯⋯⋯⋯⋯⋯⋯ 25

刘禹昌
喜见新东明 ⋯⋯⋯⋯⋯⋯⋯⋯⋯⋯⋯⋯⋯⋯⋯⋯⋯⋯ 25

刘庶民
贺东明黄河公路大桥通车 ⋯⋯⋯⋯⋯⋯⋯⋯⋯⋯⋯⋯ 25
祝贺东明老年书协成立十周年 ⋯⋯⋯⋯⋯⋯⋯⋯⋯⋯ 26

汤少卿 ·· 26
　　临江仙·东明县脱贫迁建感怀（新韵） ······· 26
　　菜园集迁建乡镇指挥长董青霞（新韵） ······· 26
　　迁建乡镇指挥长董青霞（新韵） ··············· 26
　　唐风宋韵进校园（新韵） ·························· 26
　　满庭芳·东明诗教有感（新韵） ··············· 27

孙作林 ·· 27
　　游东明庄子文化纪念馆 ···························· 27
　　游东明县黄河湿地湖园咏黄河鲤鱼 ··········· 27

孙春增 ·· 27
　　美丽乡村建设 ··· 27

李　伟 ·· 28
　　夜读庄子 ·· 28
　　读《东明县志》感怀 ······························· 28
　　赏李福禄《翰墨篇》感言 ························ 28
　　咏母亲河 ·· 28
　　东明黄河桥览胜 ······································ 29

李　芳 ·· 29
　　东明黄河滩建 ··· 29
　　游东明黄河森林公园 ······························· 29
　　鹧鸪天·游庄子公园有感 ························ 29

李卫生 ·· 29
　　东明今昔组诗 ··· 29

李世统 ·· 30
　　玉成班开学典礼致学生 ···························· 30
　　玉成附属小学校园所见 ···························· 30

东明小学语文课堂大赛偶得 ………………………… 30
李石宝 ……………………………………………………… 31
　　李屯新村桃园 ……………………………………… 31
李全瑜　宋喜山 ………………………………………… 31
　　滩区蜕变 …………………………………………… 31
崔魁丽 …………………………………………………… 34
　　感谢您 ……………………………………………… 34
李江玉 …………………………………………………… 35
　　春游庄子观 ………………………………………… 35
　　参观李屯新村有感 ………………………………… 35
李红霞 …………………………………………………… 36
　　鹧鸪天·观"魅力东明"感怀（中华通韵）……… 36
李纯生 …………………………………………………… 36
　　东明之春 …………………………………………… 36
　　东明滩建浅吟 ……………………………………… 36
　　一剪梅·凝情东明百年（周邦彦体）…………… 36
　　南乡子·东明展望（冯延巳体）………………… 37
　　蝶恋花·百年东明春光灿（冯延巳体）………… 37
　　青玉案·西瓜之乡掠影（贺铸体）……………… 37
　　武陵春·诗坛名家东明释难（毛滂体）………… 37
　　贺熙朝·党建百年话东明（欧阳炯体）………… 37
　　漆园春暖 …………………………………………… 38
　　东明雨顺盼丰收 …………………………………… 38
　　永遇乐·东明春声早 ……………………………… 38
　　金错刀·家乡好 …………………………………… 38

李松茂 ·· 39
 谒庄子观 ··· 39
 东台古寺再辉煌 ··· 39
 看黄河 ·· 39
 玉皇新村感怀 ·· 39
 黄河颂 ·· 40
 滩区观黄河 ··· 40

李明坤 ·· 40
 游玉皇新村 ··· 40
 江城子·东明湖中单雄信墓 ······························ 40
 忆江南·夜游东明湖 ······································ 41
 庄　子 ·· 41

李建新 ·· 41
 东明赋 ·· 41

李厚玉 ·· 42
 扬州慢·东明大观 ··· 42

李海滨 ·· 42
 诗赞东明 ··· 42

李继尤 ·· 42
 赞东明美丽城市 ··· 42

李跃贤 ·· 43
 沁园春·东明新貌 ··· 43
 游东明感怀 ··· 43

李敬宾 ·· 43
 黄河晚景 ··· 43

李新兵 ······ 43

鹧鸪天·东明黄河滩区百姓实现安居梦（新韵）······ 43

东明西瓜（通韵）······ 44

赞东明黄河滩区扶贫迁建（通韵）······ 44

东明乡村集市即景（新韵）······ 44

东明菜园集镇滩区1号村台落成（通韵）······ 44

东明湖胜景（新韵）······ 44

东明黄河滩区村民喜迁村台（通韵）······ 44

东明黄河滩区新村写照（新韵）······ 45

李福禄 ······ 45

东明名人赞 ······ 45

庄子遗迹在东明 ······ 45

庄周颂 ······ 46

寻觅东明古城 ······ 46

庄子钓台 ······ 46

五霸岗 ······ 46

庆贺东明诗词学会成立 ······ 47

黄河大桥写真 ······ 47

车行东明黄河大桥 ······ 47

杨伟锋 ······ 47

观东明黄河桥随想 ······ 47

杨思民 ······ 48

追思庄周公 ······ 48

黄河人家 ······ 48

杨铁树 ······ 48

望海潮·东明赞歌 ······ 48

八声甘州·赞黄河治理七十年 ……………………… 48

杨高升 ……………………………………………………… 49
　　东明梅花拳 …………………………………………… 49
　　夜游东明湖 …………………………………………… 49

吴成伟 ……………………………………………………… 49
　　东明西瓜（中华新韵） ……………………………… 49

吴向前 ……………………………………………………… 49
　　东明湖今昔 …………………………………………… 49
　　观 2019 菏泽（东明）黄河生态马拉松赛 ………… 50
　　满亭芳·东明游园（新韵） ………………………… 50
　　东明湖公园 …………………………………………… 50
　　鹧鸪天·游东明湖 …………………………………… 50
　　初夏游东明湖 ………………………………………… 51

吴建伟 ……………………………………………………… 51
　　浪淘沙·东明黄河滩区迁建 ………………………… 51

吴淑桢 ……………………………………………………… 51
　　游黄河森林公园 ……………………………………… 51
　　东明籍科考勇士张胜凯 ……………………………… 51

何素云 ……………………………………………………… 52
　　东明赞歌 ……………………………………………… 52

宋仲秋 ……………………………………………………… 52
　　长东黄河大桥 ………………………………………… 52

张长奎 ……………………………………………………… 52
　　有感于"庄周梦蝶" …………………………………… 52

张文领 ……………………………………………………… 53
　　东明高海公路 ………………………………………… 53

张玉然 ······ 53
　　浪淘沙·滩区变迁（新韵） ······ 53
　　如梦令·东明湖（新韵） ······ 53
　　赞东明（新韵） ······ 53
　　望海潮·赞东明 ······ 54

张立芳 ······ 54
　　东明县烈士陵园纪念馆 ······ 54
　　谒东明县烈士陵园纪念馆 ······ 54
　　东明县烈士陵园纪念馆感吟 ······ 54

张存金 ······ 55
　　庄　周 ······ 55

张秀娟 ······ 55
　　鹧鸪天·赞黄河滩区居民迁建工程 ······ 55

张建峰 ······ 55
　　鹧鸪天·黄河滩区新村建设礼赞 ······ 55
　　【正宫·风入松】赞东明老年大学庆建党百年文艺演出 ······ 55
　　鹧鸪天·省诗词东明研学班即兴 ······ 56
　　【中吕·喜春来】东明玉皇新村小景 ······ 56
　　浣溪沙·东明辛丑元夕 ······ 56
　　菏泽市诗词学会东明诗教采风即兴 ······ 56

张树路 ······ 56
　　咏黄河入鲁第一县 ······ 56

张效宇 ······ 57
　　鹧鸪天·朱口相约 ······ 57

张清海 ······ 57
　　沁园春·东明吟 ······ 57

张　鹏 …… 57
　　东明县焦园乡黄河滩区居民迁建记 …… 57

张新荣 …… 58
　　题东明南华公园庄子像（新韵） …… 58

陈合朋 …… 58
　　丁酉年再到黄河 …… 58
　　望海潮·东明 …… 58
　　兰亭梦令·再游高村水文站 …… 58
　　行香子·盛夏玉皇村 …… 59
　　桂枝香·庄子观 …… 59
　　临江仙·黄河滩 …… 59
　　卜算子·东台寺 …… 59
　　西江月·庄子墓 …… 59

陈海江 …… 60
　　黄　河 …… 60

邵艳民 …… 60
　　万福河 …… 60

邵爱魁 …… 60
　　赞东明国际门球赛 …… 60

范黎青 …… 60
　　东明礼赞 …… 60

罗　伟 …… 61
　　清平乐·建党百年际过东明黄河滩区居民迁建区感赋 …… 61

岳勇永 …… 61
　　东明宰相：陈平李勣刘晏和王鹗 …… 61

周树民 ······ 61
　　过庄子墓 ······ 61
　　黄河森林公园漫吟 ······ 62
　　《庄子》读后漫吟二首 ······ 62
　　初冬登黄河大堤三首 ······ 62

周素玲 ······ 63
　　五里河畔即景 ······ 63

房文堂 ······ 63
　　游万福公园 ······ 63

承　洁 ······ 63
　　鹧鸪天·赞东明县农家书屋 ······ 63
　　鹧鸪天·东明县西瓜脱贫攻坚路 ······ 63
　　水调歌头·东明县黄河滩区居民迁建有感 ······ 64

赵曰春 ······ 64
　　赞东明西瓜 ······ 64
　　鹧鸪天·谒东明庄子观感怀 ······ 64

赵仁胜 ······ 64
　　东明赞（中华通韵） ······ 64

赵允廷 ······ 65
　　游东明湖 ······ 65

赵怀敏 ······ 65
　　东明览胜感怀 ······ 65
　　行香子·梦还东明 ······ 65
　　游白云山张良辟谷处 ······ 65
　　望海潮·东明湖公园登高 ······ 66
　　高阳台·满城寻故城址 ······ 66

朝中措·忆东明一中 …………………… 66
　　东明湖赋 …………………………………… 66
赵保枝 …………………………………………… 67
　　参观朱口毛泽东纪念馆有感 …………… 67
　　大村巨变 …………………………………… 67
　　雨后黄河景 ………………………………… 67
赵统斌 …………………………………………… 68
　　东明风物图咏十二首 …………………… 68
胡石生 …………………………………………… 69
　　东明黄河行 ………………………………… 69
　　东明高村大坝观黄河调水调沙 ………… 69
　　游黄河东明段 ……………………………… 70
　　东明特色农业 ……………………………… 70
　　东明黄河森林公园 ………………………… 70
　　东明沿黄新景 ……………………………… 70
　　母亲河畔 …………………………………… 71
　　黄河东明 …………………………………… 71
　　东明大平调 ………………………………… 71
　　庄子故里吊古 ……………………………… 71
　　庄子观览圣 ………………………………… 72
　　拜谒庄子墓 ………………………………… 72
　　寻单雄信墓 ………………………………… 72
　　窦堌堆 ……………………………………… 72
　　题东明东台寺 ……………………………… 73
　　过东明黄河抢险处 ………………………… 73
　　探东明高村黄河险工纪念处 …………… 73

清明瞻仰王高寨革命烈士陵园 ········· 73
望江南·黄河滩区扶贫迁建新村 ········· 74
归骑广场瞻单雄信、李勣塑像 ········· 74

胡冠金 ································· 74
森林公园遐想 ······················· 74

段麦贵 ································· 74
东台寺 ····························· 74
毛公亭 ····························· 75
赞东明公交车免费 ··················· 75
颂沈庄新建文化广场 ················· 75

段沛陆 ································· 75
东明石化赞 ························· 75
贺东明老年书协成立十周年 ··········· 75

姚衍春 ································· 76
东明庄子钓台咏 ····················· 76

秦存怀 ································· 76
感党恩，赞东明 ····················· 76

袁长海 ································· 76
瞻拜南华庄子观庄子像感赋 ··········· 76
读《庄子》二首 ····················· 76
鹧鸪天·普河（濮水）桥遗址怀古 ···· 77
鹧鸪天·游南华庄子观有感 ··········· 77

袁玉军 ································· 77
念奴娇·菏泽诗词之乡东明赞（苏轼体） ···· 77

袁东起 ································· 78
览玉皇新村 ························· 78

袁仲温 ······ 78
黄河滩 ······ 78
富河滩 ······ 78

袁安民 ······ 78
东明玉皇新村 ······ 78

耿金水 ······ 79
黄河入鲁第一县 ······ 79

聂振山 ······ 79
贺贤婿荣获省脱贫攻坚先进个人 ······ 79

徐月侠 ······ 79
东明颂 ······ 79

高怀柱 ······ 79
东明竹枝新唱（组诗）······ 79
销　瓜 ······ 80
村　叟 ······ 80
小脚婆婆 ······ 80

郭小鹏 ······ 80
题黄河滩区居民迁建工程 ······ 80
东明黄河公路大桥 ······ 80

黄有水 ······ 81
百年党庆赞东明 ······ 81

黄荣恩 ······ 81
笑看漆园换新装（五首）······ 81

萧若然 ······ 82
鹧鸪天·游菜园集镇南华庄子观 ······ 82
鹧鸪天·参加南华庄子观落成典礼有感 ······ 82

崔灿礼 ······ 82
　　门球场上 ······ 82
崔茂盛 ······ 82
　　品庄悟道·齐物论篇 ······ 82
　　品庄悟道·养生主篇 ······ 83
崔茂晨 ······ 83
　　2011年端午节全县诗词座谈会有感 ······ 83
　　咏庄子四首 ······ 84
　　东明公园漫步三首 ······ 84
崔振奎 ······ 85
　　东明赞（古风） ······ 85
商忠敏 ······ 85
　　咏东明黄河森林公园 ······ 85
　　鹧鸪天·赞东明县 ······ 85
鲁海信 ······ 86
　　礼赞东明 ······ 86
鲁遂成 ······ 86
　　瞻东台寺感言 ······ 86
温敬和 ······ 86
　　东　明 ······ 86
温新月 ······ 87
　　赞东明老年大学（二首） ······ 87
鲍大雪 ······ 87
　　黄河二首 ······ 87
　　参加庄子研讨会 ······ 87
　　访庄寨庄子墓 ······ 88

访南华山 ……………………………………………… 88

蔡浩彬 ……………………………………………………… 88
　　沁园春·咏东明新发展 ……………………………… 88

管恩锋 ……………………………………………………… 88
　　浣溪沙·窦堌堆文化遗址 …………………………… 88

樊景兰 ……………………………………………………… 89
　　魅力东明（新韵）…………………………………… 89
　　鹧鸪天·东明新面貌（新韵）……………………… 89
　　【双调·胡十八】万福公园 ………………………… 89
　　满庭芳·东明（新韵）……………………………… 89

潘民生 ……………………………………………………… 90
　　咏庄子雕像 …………………………………………… 90

薄基俊 ……………………………………………………… 90
　　黄河边遐思组诗 ……………………………………… 90

薄慕周 ……………………………………………………… 91
　　沁园春·东明 ………………………………………… 91
　　鹧鸪天·东明（新韵）……………………………… 91
　　【中吕·满庭芳】东明滩区今昔（通韵）………… 91
　　【中吕·山坡羊】东明滩区搬迁素描 ……………… 91
　　【中吕·山坡羊】东明滩区搬迁小调（通韵）…… 92
　　【双调·折桂令】游东明湖公园（通韵）………… 92
　　夜游东明湖公园（通韵）…………………………… 92
　　【中吕·十二月带尧民歌】东明县滩建礼赞 ……… 92
　　满庭芳·东明县油田学校诗教采风（晏几道体）… 93
　　东明书画院即景（新韵）…………………………… 93
　　东明滩建工地见闻 …………………………………… 93

穆青田 ·· 93
    喜归故里观光 ·· 93

穆绪刚 ·· 94
    满江红·寄黄河安澜 ·· 94
    古今东明 ·· 94

戴文红 ·· 94
    东明文化中心开馆庆典（通韵） ································· 94
    东明县城风光 ··· 94
    凤来朝·东明湖新貌（通韵） ····································· 95
    一斛珠·夜游体育公园、东明湖公园（新韵） ············ 95
    新中国成立七十二周年观东明职工书画展 ················· 95
    双韵子·菜元集1号新村写生有感（新韵） ················ 95
    山东诗词学会专家来东明讲座有感（新韵） ············· 95

第一辑　东明研学采风作品

◆ 赵润田

东明石化纪行（新韵）（二首）

一

煌煌华梦生河岸，忧喜相将系此端。
北冒寒风求立项，南穿暑雨请支援。
挑灯十里苍穹亮，埋铁千丛大地欢。
破土繁弦犹在耳，钢廊银架已擎天。

二

繁花堤岸现神工，一夜倏忽矗靓城。
储罐随风着意长，炼廊沐雨任情生。
柳垂厂径花同曳，歌起园楼鸟共鸣。
试问几时得化力，黄河奔涌作回声。

◆ 耿建华

东明现代农业产业园（外三首）

玻璃荣翠绿，暖室散春芳。
棚架盈红果，悬丝挂紫黄。
风寒吹不进，光澈照长昂。
立体重重秀，东明处处昌。

参观东明石化产业园

高塔擎天立，银球闪丽光。

轻车驰大道，管网串工房。

化气为晶粒，输油散国香。

九州添伟力，四海任翱翔。

访玉皇新村

别墅悄然藏碧树，民风淳朴馆中陈。

公园绿水红花艳，喜看村居处处新。

小重山·谒庄子观（通韵）

大梦传今意味深。子之鹏运海、化为鲲。扶摇九举浩天吟。逍遥去，高藻醉，赴南浔。　　古墓隐寒林。华阳仙去后、柏森森。观今重建大河阴。春秋祭，金磬举、振清音。

◆ 郝铁柱

东明玉皇新村（外三首）

古土突出别墅群，民俗馆蕴造化魂。

乡村振兴有斯例，共富成功头雁人。

东明庄子观

鼻祖寓言千古月，哲思幽默乐人间。

黄河入鲁奔流海，笑晤沧桑蔚大观。

参观东明石化润泽化工

铁塔林森管纵横,巍巍银罐网金城。

吞油吐料润泽海,滚滚车流龙韵腾。

水韵玉皇田园综合体项目

无土栽培技艺新,翠滴硕果醉游人。

棚园水韵领头雁,四季丰登长久春。

◆ 杨守森

东明黄河大堤即景（外二首）

洪流天际倾,滚滚入东明。

昔恐灾难至,今如故友逢。

柳摇随浪舞,莺唱冲波迎。

放眼滩涂上,油油宿麦青。

谒庄子观

辞去漆园吏,优游南华山。

扶摇讥昧世,虚静看人间。

经典垂千古,鲲鹏撼九天。

玄思参大道,肃立拜先贤。

东明春博园

芒果香蕉花盛开,南国风韵北国来。

改天换地今非梦,天下春光一园栽。

◆ 阎兆万

沁园春·谒庄子观之感悟鲲鹏图南

搏击沧溟，扶摇直上，翱翔九天。瞰莽原尘起，紫烟缭绕；苍山霭涌，善水腾翻。携雨凭风，乘云驾雾，万物逍遥几度翩。图南海，越世间百态，志定魂牵。　　何须望远兴叹。谁讥笑，蟪蛄悲小年。应培风积水，法承正道；养精蓄势，师拜前贤。胜负通观，有无任化，沧海桑田只等闲。正行健，问青云之志，谁惧雄关？

◆ 王志静

庄子阁观感（新韵）（外一首）

春游风伴客，仙观紫烟生。

千颂逍遥古，庄蝶悟世惊。

玉皇新村赞

琉瓦青砖耸碧苍，垂髫老妪沐春光。

恍如都市烟霞起，时代新村现玉皇。

◆ 孙　伟

南华庄子观

道法天成万物宗，和光随伴九州同。

南华坐饮浮生梦，游戏星辰三界风。

◆ 陈允全

庄子（古风）

人生至境说悟道，祖师故里在东明。

胸有丘壑风云起，日月无私万物生。

华堂高卧非吾愿，山绿水秀林泉清。

枉费心思通七窍，故弄虚玄小功名。

非鱼安知鱼之乐，何必奠祭进宫廷。

若无逍遥漆吏傲，怎向儒苑笑孔经。

先人栽树子蒙荫，大椿无用万年生。

入地升天逍遥过，游戏人间三才通。

鲲鹏展翅九万里，千年谁解蝴蝶梦。

燕雀安知鸿鹄志，蛇虫哀叹在草蓬。

相濡以沫忘江湖，望洋兴叹大海中。

薪火相传颂庄子，游刃有余赞庖丁。

鼓盆而歌透生死，内圣外王南华经。

道法自然记初心，人民幸福国振兴。

◆ 王厚今

参观东明石化产业园（新韵）（外四首）

千亩塔林耸，银球映日光。

天天卅万桶，罐罐运八方。

产业链条续，综合产品香。

雄鹰怀四海，万里竞翱翔。

江城子·滩区涌现大村台

黄河滩里种楼房,并村庄,耀银光。几载抽淤,几载铁牛忙。千亩台齐堤岸顶,迁喜宅,娶新娘。　　大河水患古来狂,漫穷乡,去逃荒。盛世欣逢,黎庶徙天堂。禹祖回眸当诧异,今胜昔,赞辉煌。

诉衷情·东明

漆园故地誉神州,浓墨写春秋。经营大业红火,昂首一龙头。　　书画雅,唱腔悠,惠风柔。铲除忧患,滩区台美,看醉心头。

庄子吟

相位虽高视若尘,真经刻意恋柴门。
昔时百子谁堪比,论道融成华夏魂。

西江月·一曲战胜天灾人祸的壮歌(通韵)
——瞻仰黄河高村抢险纪念碑

逐鹿中原酣战,黄河恶浪掀天。奔袭轰炸卷狼烟,奋勇军民抢险。　　块块堤身冲走,杆枝麻袋充填,有人无奈退狂澜,以水代兵梦断。

◆ 薄慕周

南乡子·庄子(外二首)

举酒祭庄周,如见鲲鹏自在游,蝴蝶梦中堪笑梦。悠悠,闲著《南华》笔不休。盆鼓道存留,驾鹤升天胜帝侯。有会化无无化有。何忧,一卷《逍遥》解万愁。

东明庄周（农民）书画院

高楼林立画廊新，谁晓东家是草根。
举手招来仙几路，挥毫泼墨艺绝尘。

东明诗词培训

庄周捧手叩八方，四海名家聚满堂。
论仄争平求美句，引来万户弄宫商。

◆ 朱振东

过东明黄河入鲁处（新韵）（外三首）

昔日青丘雷震地，黄河至此九流还。
徘徊故事依山海，寻道汪洋入鲁川。

访东明石化工业园（新韵）

工业园中春意涌，生机盈贯纵横深。
包罗四海石脂化，润入华川万马奔。

游东明庄子观（新韵）

随意鲲鹏天地阔，寄情鱼乐化蝶飞。
逍遥漆苑人皆仰，能有几家沁作为？

过东明村台（新韵）

千锤万垒高台起，屹立荒滩贺咏怀。
水肆流兮浑不怕，家中扁舟惹尘埃。

◆ 朱宪华

观东明县长兴村台

百姓诚言谢党恩,新楼一改旧农村。
年年都有称时雨,步下乾宫润大坤。

东明庄子观

半生风雨洗天真,一路新尘累旧尘。
今日重游庄子观,再从蝴蝶认前身。

第二辑 "魅力东明"征稿和获奖作品

◆ 于志超

诗赞东明忆旧游

长堤烟柳舞春秋,入鲁黄河第一流。
漫步荒台评赵构,笑谈蝶梦赞庄周。
凭栏远眺腾龙地,近水先登得月楼。
瓜瓞绵绵枝蔓旺,广开骏业展宏猷。

◆ 于明华

大美东明颂

大河奔逝润东明,长寿之乡五谷盈。
昔日荒滩皆翠绿,今朝古郡遍新荣。
挥毫成赋清道逸,尚武修身雅健行。
最美淳风弘德礼,民勤共筑小康城。

古城新韵

万里黄河万众牵,悠悠德水意缠绵。
滋来地沃瓜甜脆,喜得丛芳鸟逸翩。
植树成林荒野隐,移民逐景碧楼迁。
甘醪饮罢云帆挂,再启新程又百年。

◆ 马卫东

望海潮·漆园颂（新韵）

太行西望，濠濮北瞰，黄河百转阑珊。邻比豫州，安居鲁地，兴衰千古漆园。忠勇代留传。典藏觅轶事，风雨云烟。史海钩沉，不堪俗目睹英贤。欣逢盛世空前。看人和政顺，国泰民安。油气涌流，长桥亘架，苍茫万顷桑田。廖宇碧如蓝。听朝歌夕舞，语笑喧阗。多少中兴夙梦，你我共相圆！

观长东铁路复桥（新韵）

遥看长河景色奇，双桥飞架贯东西。
从兹鲁豫无羁旅，野渡舟横客马稀。

◆ 马世杰

建党百年瞻仰东明毛泽东纪念馆

建党百年迎庆诞，东明入馆谒毛公。
亭前松柏织春色，堂内铜雕耀碧穹。
珍墨瑶章两廊灿，丰功伟绩九区隆。
恢宏栋宇民筹建，永记初心舞彩虹。

◆ 马明德

咏庄子两首

一

山川虽壮固，桑海易其形。
时过两千载，元音仍说经。

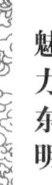

二

陈善壹加贰，李专词赋情。

漆园甘作吏，恕叹自知明。

◆ 王元生

江城子·东明黄河滩区今昔（新韵）

滩区自古是穷乡。草棚凉，囤无粮。沙土深深，风起漫天狂。洪水隔年生祸患，人要饭，去逃荒。　　如今滩地变粮仓。小康庄，尽楼房。最赏村台，朗朗笑声扬。百姓安居千载梦，实现在，这一方。

注：此作获"魅力东明"征稿三等奖。

东明湖夜景（中华新韵）

季夏轻风霁月明，亭台水榭彩泉涌。

千般别墅环湖造，拔地新城半映中。

菜园集中心校、油田学校诗教采风（新韵）

庄周故里汇钟灵，诗教如今又立功。

课下吟词寻雅韵，学堂讲赋动激情。

长廊书画呈光彩，操场师生列阵容。

经典传承担重任，祖国花朵向阳红。

有感东明免费公交车（新韵）

一向乘车应付钱，唯独我县不平凡。

司机和蔼人尊敬，乘客文明礼让贤。

上下井然多礼貌，靠停准妥且安全。

惠民道路宽而广，仁政工程润心田。

◆ 王月菊

诗 教

古韵声声满课堂，吟哦百卷自成章。
庄周故里诗风劲，一阙清词意味长。

东明新景象

东明发展有奔头，别墅花园一望收。
昔日家家居陋巷，如今户户住高楼。
化工生产规模大，科技创新质量优。
重建滩区风景美，惠民政策载千秋。

鹧鸪天·文明东明（新韵）

座座高楼耸入云，条条大路净无尘。万福河畔听啼鸟，五里荷塘舞绿裙。　　强体质，健身心。文明争做带头人。改革开放生活美，城市乡村气象新。

浣溪沙·精准扶贫颂

精准扶贫惠万村，齐心协力铲穷根。听闻把脉究原因。　　砥砺前行心不改，和谐发展景常新。小康路上正飞奔。

沁园春·东明赞（新韵）

大美东明，庄周故里，地广粮丰。望黄河两岸，良田万亩；长堤上下，林木千重。别墅楼群，公园湿地，铁道桥梁四海通。谋福祉，看滩区改造，气势恢宏。　　整装又启新程，引百姓生活更向荣。看乡村建设，能源发展；改革开放，科技兴工。精准扶贫，合村并地，免费公交享盛名。家乡美，走康庄之路，大步流星。

◆ 王凤钦

浣溪沙·初春游东明公园

二月含羞送暖风，桃花尚嫩杏花红。枝头雀鸟笑春浓。　　梅谢柳青荒漠上，蜂飞蝶舞菜花丛。何人不醉淡香中？

◆ 王凤盈

礼赞东明滩区迁建

黄河滩里乐开花，八号新村有我家。

别墅排排连碧宇，旗旌幅幅绕丹霞。

航空母舰房台阔，学校红楼教室嘉。

踏上小康鸿福路，千年不怕水灾邪。

礼赞东明滩区迁建

离乡背井已三年，喜讯传来旧屋迁。

儿女欣然回故里，公婆惬意返桑田。

空调网络新清水，别墅洋房赤面砖。

翠柳生风牵客袂，党恩无限美如仙。

[正宫·月照庭] 黄河滩建思怀

举目黄河，落日镕金赤霞，浊龙拍岸水哗哗。麦青青，香淡淡，乐赏鲜花。游人醉，众口夸。（幺篇）往日河滩，寂寞穷村万家，十年九涝枉嗟呀。水淹田，坯房垮。心乱如麻，愁难尽，病苦加。（带六幺遍）治理黄河展规划，引水灌土攒泥沙。建造航空母房台，为人民修建新家。围村种植结硕果，大村奇丽美如画。池塘倒映流云影，荡兰舟碧水轻摇，清波里跳鱼虾。（鸳鸯儿煞）几十年巨大变化，最优风光在河滩那，万人羡慕，一轮红日照南华。

注：此作获"魅力东明"征稿一等奖。

［中宫·风入松］东明黄河公路大桥

黄河浊浪向云间，桥横跨延绵。贯穿鲁豫通天堑，斜拉钢索竖石磐。两岸风光秀丽，通行免费欣然。

鹧鸪天·庄子

解丑庖丁不一般，漆园小吏更玄玄。逍遥格物南华下，自在垂纶濮水边。　化蝶梦，养生篇。虚无缥缈雾云间。渊明太白东坡慕，大道无形千古研。

鹧鸪天·忆庄子（新韵）

青史流芳濮水河，庄周垂钓史书多。千年文化滋灵地，万古黄河荡浪波。　枕肱梦，鼓盆歌。无功无禄又如何。逍遥自在云鹏去，大道无形自咏哦。

城建有感

庄周故里惠风飏，城建新添好景光。
丽蕊绕蜂幽径美，闲云梦蝶画廊长。
成排银杏沿堤岸，林立高楼列路旁。
最是称心文庙左，老年大学墨池香。

◆ 王志刚

东明印象

入鲁黄河初始县，丰饶石油产粮高。

悦心书法西瓜品，武术宜民寿自豪。

◆ 王克华

东明黄河森林公园

金龙昼夜越千山，一颗明珠醉玉颜。

疑是蓬莱虚幻景，哪知奇迹在人间。

◆ 王　彧

走进东明（通韵）

千年古邑几逢春，旖旎风光天下闻。

马踏湖边瑶草绿，齐王阁上紫霞纭。

黄河桥路通南北，碧海金滩说故新。

庄子当年为吏处，荷香桂馥满芳林。

◆ 王　臻

东明县老年大学庚子乔迁记

南华故地，四省曾属。黄河盛邻，鲁西佳处。平原莽莽，隔水望豫；大河泱泱，于斯入鲁。秦汉宋明，古县频伤乎水患；千载风霜，新城崛起于滩涂。

东明百姓，承恩齐鲁。临河而居，扎根黄土。人文荟萃，多俊彦鸿儒；百业兴隆，汇名流商贾。盛哉斯地，有曹风鲁韵之古朴；美哉斯人，揽梦蝶赋菊之情愫。

崇文尚德，中华故训。敬老亲贤，领袖叮嘱。脱贫攻坚，润泽千家；滩区迁建，惠济万户。仁政当歌，甘棠堪赋。躬逢盛世，万事可图。壮心未已，遑论朝暮。终身为学，老幼咸笃。

桑榆晚景，居太平之世以养遐龄。夕阳瑞彩，度康乐之年以摄五福。年高德劭，启三生而聚皓首；功硕智邃，萃一堂而吐玑珠。秉烛求道，履地以法天；对檐成文，喻今而通古。

概览一县之中，芳林旧叶，退处宽闲之人，累日渐增；纵观四境之内，才思健硕，雅好文娱之士，积年辈出。人多室狭，不堪其负。课业施行，错时方布。向学诸老，唯期新址；朝夕萦怀，嗟然盼注。

岁在庚子，夏末秋初。县委县府，高瞻远瞩。善行直下，德政新署。老年大学，易址结庐。昔时蒙童之黉舍，今朝耆宿之学塾。楼宇二三座，方宅七八亩。教室十六间，皓首八百数。

又有住建、房管二局，慷慨解囊，勠力相助。捐资物，兴土木，改旧舍，建漍轩。盛势新观，堪容士而兼敏鲁；老朽残年，得行志而效鸿鹄。使一方百姓，老有所教，老有所学，临夕阳而诵诗书；使暮年长者，老有所乐，老有所为，望西山而展宏图。

新址告成，乡人感此鸿业德政，嘱予作文以记之，以兹流芳百代，光昭后世。

注：此作获"魅力东明"征稿一等奖。

◆ 支爱平

玉皇新村组诗

一

田园潇洒新农村，堤岸华屋憩平民。

宫阙金殿不羡慕，天上人间谁能分。

二

鸟语花香生态美，望月听雪溢浓情。
歌舞不休兴未尽，乡村已是不夜城。

三

金墙碧瓦遮屋顶，琴声竹韵满院中。
农家争相品新酒，满村笑语沐春风。

四

男儿智慧女儿能，父老乡亲交口评。
美好生活谁赐予，山高水长党恩情。

五

苦辛织就丰年景，乐在脸上甜在胸。
万户千家初春日，多少绿梦已登程。

◆ 牛进民

赞东明绿化（新韵）

生态文明奔小康，小城一夜换新装。
森林都市东明看，绿树红花分外芳。

东明五里河即景（新韵）

十里荷塘十里香，花红叶碧水清凉。
游人岸上观新景，三五提杆垂钓忙。

东明援鄂三勇士（新韵）

新冠肺疫伤人重，救死扶伤去逆行。
杀却病毒得胜日，鲜花万朵把您迎。

贺东明黄河二桥开工（古风）

披星戴月五春秋，风霜雪雨搏击流。
迎来二桥奠基日，黄河岸边宏愿酬。

◆ 牛银生

题东明庄子故里

溯源何处觅庄周？且向南华故址游。
碑刻遗风如旧识，亭台塑像乃新修。
恍然重见真人面，落拓不怀俗世忧。
文哲并存谁媲迹？伴随蝴蝶梦千秋。

注：此作获"魅力东明"征稿三等奖。

◆ 毛天申

东明黄河森林公园遐思

参天老榕倚云栽，虬蟠凤翥巧安排。
奇花异草增诗兴，玉宇琼楼敞胸怀。
鲤肥荷香虾欢跃，细水长流叠温泉。
珍禽乖兽喜人近，绿荫白云落日圆。
天生仙境世无比，流连忘返再结缘。

◆ 卢玉莲

咏庄子

古今享誉出东明，十万余言举若轻。
齐物论来犹忘我，逍遥游处岂关评。
纵横捭阖才堪羡，清静潜修道已成。
取法自然崇有序，百家独占一枝荣。

◆ 卢旭逢

诉衷情令·东明写意

黄河浪卷启新航，两岸展诗廊。放眸沃野千顷，瓜果竞芬芳。

驰宝马，向康庄，梦飞扬。风华百载，醉美东明，无限春光。

◆ 叶兆辉

游东明县感怀

邑古人文盛，儒风盖代道。

桓公成霸业，庄子有坟丘。

书艺传千载，瓜乡振百秋。

山川奇且峻，策杖喜初游。

◆ 朱大明

新东明

改革开放脱颖出，黄河岸边一明珠。

千楼耸立比威武，万众倾心唱幸福。

百业繁华兴旺显，四城花满锦绣铺。

县委政府巧谋划，富傲江南秀杭苏。

◆ 朱丽华

赞东明

黄河滋乳东明县，人杰地灵今古荣。

文著庄周经典秀，会盟五霸石碑名。

焦园湿地观奇景，烈士陵前忆赤诚。

改革创新山水碧，黎民欢唱小康情。

◆ 朱金安

大变黄河滩（古风）
——赞东明滩迁

夏淹秋涝黄河滩，一片汪洋都不见。

胡同街道来往舟，房倒屋塌出行难。

政府施策造福民，复堤筑台建楼盘。

万人新村皆别墅，九天仙女思来玩。

黄河明珠（古风）

南华山上观东明，富丽堂皇一座城。

宽阔大道似玉带，绿树花红如仙境。

高楼林立矗云间，湖中喷泉映彩虹。

先哲庄子若有知，当向后人表庆幸。

注：此作获"魅力东明"征稿三等奖。

◆ 朱宪华

参观东明县长兴村台

穷庐拆掉换新家，时值农闲学品茶。

政策惠民风雨顺，院中种下牡丹花。

东明县三春春博园

曾经绿植掩风沙，今把江南搬到家。

何止百花争斗艳，香蕉龙眼与枇杷。

注：此作获"魅力东明"征稿二等奖。

葵　邱

葵邱多盗迹，战祸废农耕。

易帜涂鲜血，流沙粉太平。

汤汤东海梦，皎皎故园情。

猿啸王城外，心田草又生。

咏东明古邑十二景

五伯盟坛

霸业千秋一瞬荒，嘤嘤鸟语似悲凉。

春风又绿遗坛柳，碑断犹存五伯冈。

白云仙洞

张良辟谷史相传，胜算运筹帷帐前。

累土成丘莫嫌矮，白云洞内可修仙。

赤水祯符

异见茎端九穗多，济阳灵地产嘉禾。

红光四溢奇香绕，龙种降临知道么？

荆台春色

曾记书中见泣荆，今知典出大东明。

人争私利家将散，官不容亏国亦倾。

古筑夕晖

昔日康王筑一台，久经兵燹乱时灾。

路人谁懂残垣下，时有月明凭吊来。

龙光耸翠

圣境峰峦翠色溶，蜿蜒卅里似蟠龙。

苦求膏雨几如愿，香火钱多自老农。

高阁凌空

雕甍画栋薄层霄，建阁尊儒兴学潮。

从此黉门添盛景，时人争上读书桥。

长堤烟柳

朝雾暝霞何足奇，万株烟柳护堤基。

行人游憩焉知晓，美景源于河患欺。

黄河惊涛

胸涌洪涛笔一挥，奔流时势勿相违。

千寻竹箭排云下，万叠桃花蔽日飞。

漆园吏隐

漆园吏隐著南华，性本逍遥乐种瓜。

梦蝶听鱼盆作鼓，无为布道帝王车。

鱼窝垂纶

渭水河边志未酬，太公直钓欲何求。

经纶满腹焉能负，只待君王来上钩。

二贤胜境

孔丘门下出高徒，华国孝亲眠不孤。

双塚城西成一景，接踵瞻拜起新儒。

◆ 庄付阁

故里新容

绿柳青杨枕大河，蜿蜒长堤隐烟萝。

昔时荒坡化殿宇，今朝旭日升高阁。

李白留赋鹏翔远，王维遗画树婆娑。

诸君瞻仰庄子观，香绕真心铸道德。

◆ 刘长随

长相思·黄河（新韵）

南也流，北也流，流到蓬莱海里头。淹埋王与侯。

快些流，慢些流，荡尽烟云一片洲。春风不见愁。

祝贺2018菏泽（东明）黄河生态马拉松赛圆满成功（新韵）

仙女挥来五色秋，长堤好景任人收。

英雄不拒江湖远，敢与黄河竞北流。

破阵子·2019菏泽（东明）"旭阳杯"黄河生态马拉松赛（新韵）

南水涛声阵阵，北秋黄叶翩翩。但见笑颜扬士气，多少青尽与欢。太平逢华年。　　鹏鸟云穿恐后，健儿潮动争先。逐浪慕追夸父影，漫道生风脚步酣。健康永向前。

南华公园早秋落日（新韵）

翠木遮天际，轻云落日幽。

扬辉成九色，醉饮五湖秋。

注：此作获"魅力东明"征稿三等奖。

雁聚东明黄河滩（新韵）

黄河远道寒凝色。一片金波日映辉。

谁向长空逐水暖？平沙雁叫待春归。

蝶恋花·东明万福公园春节夜景（新韵）

弦月凝华春意早。玉树花开，千百红灯照。已把亭台装扮俏。满湖碧水成烟缈。　　来往游人心境好。喧闹桥头，留影开颜笑。盛世白发谁语老？夜来佳梦迎晨晓。

◆ 刘凤田

咏东明西瓜

西瓜之乡久负名，饮誉四海漆园城。
昆明世博获金奖，今朝办节倍兴隆。
瓜农淳朴重情义，瓜瓤如蜜宴宾朋。
投资兴业共发展，高瞻远瞩前途明。

◆ 刘传柱

东明吟

黄河浪涌著涛声，犹忆拉纤过五更。
夹岸香风花正艳，欣逢百业振东明。

◆ 刘灿胜

赞东明县焦园乡2号村台喜搬新居（新韵）

锣鼓声声动晓晨，新居处处喜盈门。
几时岁月寒侵梦，此日朝夕楼醉云。
伤痛已随黄水去，温馨长伴小区存。
红旗劲舞村台上，那是殷殷赤子心。

庄周钓鱼台（新韵）

濮水悠悠春复冬，一竿傲骨钓蝶风。

逍遥已是寻常事，百舸高昂潮正平。

◆ 刘禹轩

东明见黄河

地上悬河天上来，奔腾万里挟风雷。

千秋横溢多为患，卅夏安流喜弭灾。

防汛金堤足下固，灌田银闸眼前开。

更期将绿染芳甸，星火楼船入镜台。

◆ 刘禹昌

喜见新东明

九曲黄河万古东，千年往事已随风。

白沙杞柳今何在，绿野桑麻四望中。

巨塔高耸插碧落，长桥横卧锁苍龙。

遥见康衢广厦起，满天佳气郁葱葱。

◆ 刘庶民

贺东明黄河公路大桥通车

狂涛黄河古奔东，僻壤闭塞民贫穷。

黎庶梦想河横步，水患蝗旱蓬草生。

喜看长桥跨天堑，欣咏佳句锁蛟龙。

京冀鲁豫通赣皖，东明振兴展鲲鹏。

祝贺东明老年书协成立十周年

十年里程路坎坷，东邑书坛收获多。

喜看新秀磨砺出，后浪逐推前浪波。

◆ 汤少卿

临江仙·东明县脱贫迁建感怀（新韵）

红瓦白墙宽路，群楼编号村台。欢天喜地进新宅。再无河患扰，台镇笑颜开。　　迁建脱贫新路，千秋伟业胸怀。爱民救苦富苗栽。山川湖水笑，幸福踏风来。

菜园集迁建乡镇指挥长董青霞（新韵）

工地繁忙焕彩霞，清纯干练阵中花。

须眉尚感肩责重，一姐村台众口夸。

迁建乡镇指挥长董青霞（新韵）

谁言女子不如男，迁建旗挥战正酣。

戴月披星工地转，理家做饭丈夫担。

脱贫伟业装心上，吃苦村台写美篇。

古俊巾帼奇迹创，现今铁影丽名传。

唐风宋韵进校园（新韵）

庄周故里韵香飘，宽敞校园学子骄。

操场宏声经典颂，课堂众志诗词敲。

熏陶锻造心灵美，成长驰骋路漫遥。

培育良才国大计，唐风宋雨润青苗。

满庭芳·东明诗教有感（新韵）

古俊庄周，东明故里，校园飘荡诗香。课堂声脆，齐咏诵朗朗。精美篇篇古韵，展笑脸，爬满长廊。声声慢，钢琴低诉，千古怨情尝。　　朝阳，操场上，惊天气势，齐颂铿锵。清雅诗词进校，英明策，扮美家乡。诗词曲，俊才靓女，换现代新装。

注：此作获"魅力东明"征稿三等奖。

◆ 孙作林

游东明庄子文化纪念馆

道家巨擘世称奇，千载人吟庄子辞。

竹影摇时休怪矣，今朝拜谒我来迟。

游东明县黄河湿地湖园咏黄河鲤鱼

龙门跳过闯东湖，天下名鱼谁最殊。

白鹭翻飞戏菌苔，锦鳞闪耀似明珠。

花繁几市动箫鼓，网撒千帆入画图。

梦化轻鸥衔玉盏，渔歌唱彻宴欢娱。

注：此作获"魅力东明"征稿二等奖。

◆ 孙春增

美丽乡村建设

政通人和国太平，美丽乡村建设中。

东明城乡一体化，脱贫拆迁大启动。

楼房成排村庄美，路灯盏盏通宵明。

城乡水电气齐全，安居乐业中国梦。

◆ 李 伟

夜读庄子

夜读庄子南华篇，疑似子休赛神仙。

庄生梦蝶身将隐，鲲鹏展翅梦难圆。

神思逍遥飘天外，漆园濮上钓台前。

君王枉立功名事，南华妙道耀宇寰。

读《东明县志》感怀

文王拘而演《周易》，仲尼厄而作《春秋》。

屈原逐放《离骚》赋，孙子断足兵法修。

庄周梦蝶传佳话，刘袁穆石青史留。

东明自古多贤俊，更有豪杰立潮头。

赏李福禄《翰墨篇》感言

玉点银钩魏晋风，犹似攀猿戏古藤。

博学铸就独自体，老辣飘逸腾飞龙。

咏母亲河

九曲奔腾入海流，乘风破浪驾轻舟。

景逢盛世千般秀，名与中华万古留。

天地沧桑情未老，山河壮丽志方酬。

东明儿女开怀笑，母亲河畔家乡游。

东明黄河桥览胜

翠堤蜿蜒柳生烟，桥上车流水上帆。

燕舞莺歌花含笑，笑声和看渔歌欢。

◆ 李 芳

东明黄河滩建

滩建蕴浓情，风光万象荣。

桃源今宛在，觅句赞东明。

游东明黄河森林公园

芳园风物乐心怀，林带如屏锦绣裁。

游客吟诗觅佳句，直疑赏景到蓬莱。

注：此作获"魅力东明"征稿二等奖。

鹧鸪天·游庄子公园有感

庄子公园最可观，风光旖旎惹流连。道家玄理凭人悟，尘世奇书历代传。　开远境，谱新篇，高山流水奏琴弦。满怀壮志歌雄曲，时代强音上九天。

◆ 李卫生

东明今昔组诗

一

千年东昏伴贫穷，风沙盐碱咬人虫。

为顾桑梓巧谏言，民间乐道话石星。

二

今日故土大不同，粮棉瓜果五谷丰。
南华大地换新貌，小县变成石油城。

三

万盏灯火夜如昼，高塔林立刺苍穹。
公铁纵横像蛛网，三桥飞架衢道通。

四

路宽林茂车穿梭，群楼连片入半空。
东明风光无限好，万福垂钓胜姜翁。

◆ 李世统

玉成班开学典礼致学生

清凉中秋日，群英荟玉成。
壮志冲凌云，激怀荡心胸。
为学须勤奋，修身宜笃行。
他日步青云，勿忘母校情。

玉成附属小学校园所见

杨花飞絮荡校园，枝头黄鹂唱宛转。
桃李树下稚子笑，琅琅书声荡云天。

东明小学语文课堂大赛偶得

百花烂漫正逢春，辛勤园丁苦耕耘。
课堂大赛竞芬芳，教改杏坛倍出新。

◆ 李石宝

李屯新村桃园

花海人山车似龙，踏春赏景兴无穷。

游山觅胜何须远，大美家山任点评。

◆ 李全瑜　宋喜山

滩区蜕变

黄河

中华民族的"母亲河"

千百年来

九曲环绕，激流澎湃

永不退缩

您孕育着五千年灿烂的华夏文明

见证了中华民族沧桑巨变

岁月如歌

黄河滩区

曾经被人们遗忘的角落

东明十二万滩区老百姓

就在这块特殊的区域里

繁衍生息，世代耕作

曾几何

黄河母亲无数次的"发怒"啊

使黄河成为滩区老百姓

灾害不断的苦难河

数十万东明滩区群众

家破人亡，流离失所

一百年漫长的岁月里

黄河漫滩无数滩区群众饱受水患

因灾致贫，住无定所

黄泛之苦，民生之多艰

给千里黄河滩涂上了悲壮的底色

世世代代的滩区人

最大的企盼啊

就是梦想有一个属于自己的

安乐窝

历史进入新时代

脱贫攻坚

小康路上不能落掉一个

打破百年宿命

让滩区群众把穷根

挪穷窝

以习总书记为首的党中央

高瞻远瞩，运筹帷幄

作出了黄河滩区居民迁建重大决策

要给十二万滩区百姓一个稳稳的家

誓圆百年"安居梦"

过上幸福美好的生活

立下愚公志，啃下硬骨头

举全县之力，集全民之智，聚万众之心

坚决打好打赢滩区居民迁建攻坚战

把功在当代、利在千秋的民生大事办妥

一时间

黄河滩

塔吊林立，机器轰鸣，车流如梭

千军万马

唱响了一曲战天斗地

攻坚克难的战歌

一项项政策，一个个举措

最终转化为

一个个村台，一排排新居，一栋栋楼舍

举目眺望啊

一台一韵、一村一品

突出农村风情，彰显当地特色

"我们住上了小别墅，

过上了城里人一样的生活。"

安居还要乐业

一带一线三基地的产业布局

不仅要让滩区群众富起来

还要把黄河滩装扮得五颜六色

把黄河滩区打造成美丽富裕的幸福园

使滩区的老百姓富足、祥和

感恩共产党，感恩新时代

让滩区群众摆脱了"水患"

拔掉了"穷根"

过上了安居乐业的新生活

如今的东明滩区人民

正带着对新时代、新生活、新未来的

美好憧憬

在决胜全面小康路上

阔步高歌

◆ 崔魁丽

感谢您

——记东明县妇幼保健院董富景赴武胜桥隔离点

感谢您的义无反顾，

让大地瞬间充满温度，

2月3日，您踏上去战场的路，

抗击新冠肺炎病毒。

没有鲜花、没有怕苦，没有送行的掌声与欢呼。

您抛下襁褓中的孩子，

顾不上哄他不哭、来不及为他换上尿布。

为了职业的神圣、应尽的义务，

您毅然决然冲向前线，留下执着的背影，踏出无畏的脚步。

美丽的祖国被病毒感染，

您扬起妇幼的风帆，

与各乡镇医务人员，坚守家园，默默奉献。

上战场，打硬仗，防控责任扛肩上。

您与战友同携手，面对危情，共克时艰。

将生死置之度外，给战友作出表率。

面对密切接触者，勇敢向前不退缩。

主动交流与沟通，赢得信任与尊重。

您的爱心、细心、责任心，全县人民都放心。

常驻阵地，您不能像从前，为孩子唱歌，哄孩子入眠。

您忍着涨奶的痛、咸咸的思念，

还有那听不到掌声的欢呼与呐喊，

都成为最有力度的鼓舞、最有味道的甘甜。

战胜病毒，不惧艰险，

您是孩子与家人的骄傲，

您是东明妇幼那颗星，永葆璀璨，

闪着耀眼的光环。

◆ 李江玉

春游庄子观

南华山下庄子观，气势宏伟实非凡。

东西廊房相辉映，石碑林立矗其间。

殿中问道皆香客，虔诚祭拜敬先贤。

红尘看破淡名利，人能自省天地宽。

参观李屯新村有感

映入眼帘美丽景，犹如置身仙境中。

蓝瓦两层农家院，白墙四壁结构精。

道路旁伴红枫树，建筑相间绿草坪。

东台玉皇连一片，玉帝愧叹凌霄穷。

◆ 李红霞

鹧鸪天·观"魅力东明"感怀(中华通韵)

黄水奔流入鲁长。孕滋古邑第一乡。龙腾多脉富饶县,霞映佳禾黍谷粮。　毓秀地,圣贤庄。巧谋科技靓辉煌。石油煤炭根基厚,社稷亲民创富强。

◆ 李纯生

东明之春

风牵翠袖影轻移,满目流云碧柳欹。

忙客花前频戏蕊,闲翁树后缓开棋。

身临艳景涛声远,浪送轻舟顺水离。

沃野情深谁赐美,春姑不断换新肌。

东明滩建浅吟

谁把天宫放眼前?庶民有幸欲成仙。

推窗笑览拿云景,感受党恩悦百年。

一剪梅·凝情东明百年(周邦彦体)

犹念东明近百年。更情换道,势破惊天。脱贫有路步生辉,油井延绵,造就新元。　楼满边村笑语欢。到处香车,锦绣家园。逢年邀月共衔杯,百载洪恩,万代情缘。

南乡子·东明展望（冯延巳体）

万里艳花开，平野油田次第排。翁妪柳前常起舞，舒怀。情满家乡笑隐腮。　　堤内建村台，镇县精心树品牌。有幸吾辈逢好运，悠哉。感悟神州尽俊才。

蝶恋花·百年东明春光灿（冯延巳体）

雨后春光桃欲绽。风拂凉亭，翁妪英姿伴。谁借朔风移月建。牛年又是金声唤。　　夺目山花蜂影乱。蝶语含香，到处莺歌啭。红日满江船影幻。初心好梦苍穹贯。

青玉案·西瓜之乡掠影（贺铸体）

常临沃野田畴顾，柳生艳、风轻护。喜睹新村忙移步。禾苗青翠，瓜棚密布，应市无闲处。　　骄阳灿烂金光镀，科技生根尽情注。誉满神州评后树。金牌名品，畅销远府，已是腾飞路。

武陵春·诗坛名家东明释难（毛滂体）

诗界水深舟影乱，词海少人成。今遇贤师方洞明。寒夜赠炉情。玉口金言三两语，脑海顿时清。吟断心弦欲火鸣。昂首赴新程。

贺熙朝·党建百年话东明（欧阳炯体）

麦海惊涛春绣景。粟田千顷。年年丰颖。西瓜吻地，锦笺乡关，武林韬影。聆受齐敬。　　远山苍翠锁霞岭。睹淡淡云烟。楼上帱帐婧。雨停天生静。旗绽曙辉，普照如镜。

漆园春暖

暮雨轻风雪影贫，黄河岸柳已初新。

抬头又见南归雁，更念边关梦里人。

东明雨顺盼丰收

清风喜雨过柴门，初现蜂蝶柳色新。

遥望田畴麦浪起，农家蒲酒待良辰。

永遇乐·东明春声早

雪抱梅枝，羞红微露，冰去风暖。细雨迎春，偷声唤柳，郊外桃林艳。河开浪醒，轻舟停棹，沙渚凝情唱晚。夜茫茫、声声浪起，唤来月光陪伴。　　漆园春早，农机声里，收纳笑容无限。乡道连通，琼楼叠翠，琴瑟箫笙乱。诗词入画，翁歌妪舞，万里真情如练。赏田景、香柔落墨，豪情欲绽。

金错刀·家乡好

兰泣露，桂衔霜。倾身高处望家乡。归舟撞碎东湖月，鸥鹭惊飞影满舱。　　南雨散，北风凉。窗前酌酒伴残阳。沙洲锁艳秋芳晚，柳岸莺歌钓饵香。

◆ 李松茂

谒庄子观

巍峨雄伟庄子观,事物地天"道"本源。

昼梦蝴蝶飞舞去,太空与我并生玄。

逍遥横纵成仙体,垂钓修身濮水寒。

文笔恣狂海洋阔,《南华经》典传万年。

东台古寺再辉煌

重修古寺再辉煌,庙会兴隆满客商。

善男信女虔诚拜,名伶云集嘹亮腔。

钟磬声杳闻犹在,释意永存感众苍。

年年四月初八日,教义传承驻东方。

看黄河

巍巍长堤锁黄龙,飞架铁虹贯西东,

汹波倏起千层浪,疑是鲸鲨闹龙宫。

兴利除害创大业,岁岁安澜歌升平。

挥师继承禹翁志,不祈天公靠人功。

玉皇新村感怀

茅檐陋牖脑海深,昔景今非面貌新。

楼榭亭台间绿树,簇花似锦芳草荫。

皇阁蔚伟凌空立,燕舞莺歌四季春。

创业多艰怎能忘,村民感戴领军人。

黄河颂

九曲奔腾入海流，文明渊薮五千秋。

惊涛滚滚悲声去，欢唱悠悠雅韵留。

天地沧桑情未老，江山风雨志将酬。

炎黄子女梦圆日，不忘摇篮孕壮猷。

滩区观黄河

黄河西来九道弯，奔腾咆哮过漆园。

"豆腐腰"处险工密，泛滥成灾年复年。

人民治黄改天地，覆堤淤背可安澜。

滩区治理创新路，农业一步一层天。

五谷丰登牛羊壮，百姓日子似蜜甜。

欲识大河真面目，劝君驱车黄河滩。

◆ 李明坤

游玉皇新村

双脚踏进玉皇村，欲取仙丹拜老君。

楼宇亭台云雾绕，花香鸟语宴凡臣。

江城子·东明湖中单雄信墓

唐初单士坐湖央，览亭煌，抚鱼光，碧波荡漾，湖岸笑声长。琴瑟琵琶弹奏事，情义重。美名扬。

忆江南·夜游东明湖

湖绿影,弯月叼繁星。楼榭亭台镶夜空,广场灯火耀天明,游客忘归程。

庄　子

头枕青龙千百载,静听涛乐似弹弦。

道经启世留名著,梦里翻飞彩蝶传。

◆ 李建新

东明赋

庄子故里,鲁西明珠。一城人文,半城河湖。高铁迎前,开东西之隆昌;大河护右,兴南北之富庶。步行街,繁华而璀采;东明湖,优美而和舒。公交环城免费,大巴畅骋远途。南华里,尝不尽东明风味;庄子院,读不完碑拓藏书。万福河穿城向东,承黄河天然之水脉;高速路交叉八面,布大县发展之格局。高楼,鳞次栉比,光影灼灼;绿地,草茵绵联,芬芳郁郁。园林,千枝叠翠,莺唱蝉歌;河岸,万花舒馨,燕飞蝶舞。

天与祥日,城区煦愉;地与和风,邻里亲睦。郊野弥迤,托乡村之兴旺;厂企林立,起城市之宏图。西瓜畅销四海,石化联袂五湖。科技为创新根本,文化成发展旋律。

清清琴,锵锵鼓;欢欢调,乐乐曲。吹竹弹丝,轻歌曼舞;暗柳秾华,赏心悦目。

美哉,东明!政治清明兮,民风淳朴。生活安康兮,精神富足。晚习书法兮,晨课武功。时光大好兮,添寿增福。

注:此作获"魅力东明"征稿二等奖。

◆ 李厚玉

扬州慢·东明大观

庄子家乡，鲁西商埠，大河左岸名都。过瓜田十里，赏麦李姝姝。驾高速、横穿纵越，北驰南驶，联网须臾。览新城、楼厦摩天，霞蔚云舒。　　美盈万福，好园林、喧闹河湖。又宝墨亭廊，雕龙画壁，摹拓临书。惹眼杏黄桃粉，微风过、蝶乐蜻娱。有南华翁媪，秧歌挥剑欢如。

注：此作获"魅力东明"征稿三等奖。

◆ 李海滨

诗赞东明

黄河入鲁第一县，一桥飞峙黄河滩。

工业农业一齐上，今日东明天下传。

石化集团占鳌头，玉皇新村更领先。

四乡文化创奇迹，千树万树桃花园。

庄子常有蝴蝶梦，当在花海正游玩。

◆ 李继尤

赞东明美丽城市

改革东明奋力耕，花容月貌更年轻。

西瓜小麦登金榜，燃气原油助锦程。

展翅黄河舒绿毯，挥拳武术练精英。

阳光雨露勤滋养，跨海漂洋举世名。

◆ 李跃贤

沁园春·东明新貌

广袤平原，锦绣山河，魅力东明。看沃畴种福，三农圆梦，碧湖溅玉，两岸闻莺。蔬菜寻春，西瓜享誉，麦米流金日向荣。繁华处，任花开盛世，布谷催耕。　　田园七彩纷呈。高标树，攀峰敢摘星。有镰锤拓路，乡村展翼，风情济美，书画传馨。使命扛肩，初心映日，经济腾飞指数升。怀豪迈，正扶摇直上，效仿雄鹰。

游东明感怀

东君约我画中游，瓜果飘香鸟语稠。

武术传承春故事，镇乡筑起小洋楼。

一湖翡翠苏仙韵，七彩田园陶令讴。

村有路灯花有梦，农林商旅竞风流。

◆ 李敬宾

黄河晚景

冉冉红日下西天，霞染长河火样鲜。

葱葱禾苗两岸绿，悠悠轻舟送客还。

◆ 李新兵

鹧鸪天·东明黄河滩区百姓实现安居梦（新韵）

昔日荒滩变绿洲，沿堤群起小康楼。家园优雅村台阔，道路通达管网稠。　　防水患，解民忧，安居梦是党筹谋。这斯何止风光美，最美人们心里头。

东明西瓜（通韵）

黄河穿境润桑麻，举目田畴千顷瓜。

特产频登高速路，分享甜蜜到天涯。

赞东明黄河滩区扶贫迁建（通韵）

化雨春风润满川，扶贫挺进旧河滩。

高楼新筑村台上，梦想从今更近天。

东明乡村集市即景（新韵）

网亦通来路亦通，科学促进好行情。

时蔬交易家门口，扫码频听支付声。

注：此作获"魅力东明"征稿二等奖。

东明菜园集镇滩区1号村台落成（通韵）

黛瓦白墙绿草茵，扶贫帮俺建新村。

农民梦是安居梦，盛世欣享盛世人。

东明湖胜景（新韵）

浩渺新湖耀眼明，桥石水榭矗其中。

风光多在亭廊处，历史人文载美名。

东明黄河滩区村民喜迁村台（通韵）

黄河自古患无涯，百姓何曾安住家。

圆梦村台今筑起，赞歌声里度年华。

东明黄河滩区新村写照（新韵）

不种时蔬种草花，小洋楼里住农家。

茶余向晚村头看，音乐声中舞大妈。

◆ 李福禄

东明名人赞

庄周为吏蒙漆园，著书南华万古传。

闵子西华继圣业，陈平扶汉入凌烟。

卞壸满门摽青史，李勣祖孙冠朝班。

刘晏理财安社稷，黄巢起义改地天。

居官倡廉发高论，宋代名相张齐贤。

金时特立有建树，元初王鹗夺状元。

明朝本邑称鼎盛，科举连登震宇寰。

吏部刘辅秉大公，太师石星敢直言。

平民百姓穆陈实，赈灾千金解倒悬。

文熙德才号兼备，民质诗佳留世间。

其猷按察扬政声，绍震弹劾锄大奸。

大清顺治三进士，康熙独榜袁佑占。

历代名人数不尽，今朝隽杰更胜前。

庄子遗迹在东明

贞观元年庄子观，南华沙沟有遗存。

濮水离狐流前后，侧畔漆园碑有文。

南华山脚濮水上，庄子隐住迹可寻。

今有古墓临大堤，相传实为庄子坟。

后裔建有庄子祠，香火鼎盛逾千春。
历代贤达来礼拜，赫赫名篇罗秋雯。
诗仙诗圣与诗佛，试问谁个不光临。
更有唐代天宗诏，界定故里锤定音。
自此曹州南华县，既显真经更显人。

庄周颂

翘楚百家漆园吏，冠绝古今南华经。
昼梦蝴蝶物化理，夜问骷髅至乐情。
齐物妙论阐哲奥，逍遥遨游释赅精。
独恃苇萧辞楚相，寰宇至今播高风。

寻觅东明古城

东明古城辨西东，费尽学子白发功。
漆园战国是本邑，户牖前汉为侯封。
宛句南华载简册，大河济濮泯胜踪。
若问遗址今安在，满目生机一派青。

庄子钓台

粼粼春水满合金，碧波绿柳盈堤新。
白鸥匆忙随翻去，渔翁悠闲正垂纶。

五霸岗

霸业付流水，盟台扬黄沙。
绿畴有农夫，倚锄说桑瓜。

庆贺东明诗词学会成立

诗歌六经首，文化民主魂。
原典华夏创，传承日月新。
复兴为前驱，繁荣作领引。
唱响大风歌，龙腾薄青云。

黄河大桥写真

黄河两岸绿如烟，九曲金波上连天。
大桥横空似彩虹，千帆竞渡聚毫端。

车行东明黄河大桥

两岸杨柳生紫烟，九曲黄河上连天。
大桥横空如彩虹，小车奔驰似梭穿。
歌声响彻楼塔处，笑语洒满稼穑间。
坐行弹指过巨渎，敢问果老谁为仙？

◆ 杨伟锋

观东明黄河桥随想

一条彩虹落人间，豫鲁二省紧相连。
此桥飞架黄河岸，过水乘车不用船。
若是工程到天上，七夕相会喜鹊闲。
纵使王母金钗利，难阻情人永团圆。

◆ 杨思民

追思庄周公

巍巍道观思前贤，逶迤南华化云烟。
寒侵破衫钓濮水，日暖旷野授奥玄。
婉言诡辩戏权贵，据典啸傲谢高官。
晓梦蝴蝶翩翩去，留下名著传万年。

黄河人家

昼夜常听黄河水，林间散居七八家。
晓破风来摇烟柱，涛尽日涌照堰花。
春色逐径进柴扉，红英飘院香篱笆。
月生良宵春翁欣，日落金夕燕子斜。

◆ 杨铁树

望海潮·东明赞歌

西南鲁苑，庄周故里，改革开放繁华。宽道广街，高楼大厦，山清水秀人佳。商场列珠玑，市棚摆罗绮，满目琳霞。绿叶红花，娇杨翠柳，环境嘉。　　农田绿郁棉花，有金秋稻谷，立夏油茶，玉米仓平，高粱库满，福盈百万人家。佳景蕴繁荣，看红桃绿柳，紫苜黄麻，喜观东明美景，百万众民夸。

八声甘州·赞黄河治理七十年

望黄河滚滚逝千秋，九曲润神州。育良田沃土，芳香绿郁，万顷丰收。四处黄红绿紫，果菜物华优，树木参天翠，冉冉青流。　　信步登高临远，视故乡锦绣，思虑难休。叹往昔踪迹，万里尽沙丘。看今朝，琼楼玉宇，品质优，壮丽幸福留。炎黄子，走康庄路，富贵何愁！

◆ 杨高升

东明梅花拳
铁掌随身走四方，卫国灭寇美名扬。
虽经九九寒冬苦，留下梅花代代香。

夜游东明湖
一轮明月掉湖间，树影婆娑戏水山。
更有喷泉云雾荡，彩虹道道醉游仙。

◆ 吴成伟

东明西瓜（中华新韵）
东明瓜种已称王，遍野青门绿玉房。
田壤疏松倾血汗，沙瓤熟透涌甘香。
采摘农户迎凉夏，买卖时人唱小康。
齐鲁万民皆乐业，百年献礼党旗扬。

◆ 吴向前

东明湖今昔
拓宽大道建新城，欣见西湖筑榭亭。
辽阔土丘清堰水，壮观景致亮东明。
儿时简陋学拳术，傍晚无灯耍后坑。
追古抚今福祉乐，国强民富丽颜呈。

观 2019 菏泽（东明）黄河生态马拉松赛

旭日东升坦路长，绿红旗队伴秋光。

马拉松赛黄河聚，生态征途体育扬。

劲步健儿倾毅力，热心服务护安航。

林园更美集人气，环境一流纳四方。

满亭芳·东明游园（新韵）

西苑明湖，东园长榭，辞春迎夏闲游。香花绿树，曲径叶通幽。烟雨蒙蒙蒲草，小荷叶、萌蕾杆头。碧波荡，玉桥红伞，青涩望阁楼。　　少时拳练场，旧城零落，满目残秋。现欣望，亭廊棋弈划舟。到处鸥翔鹭戏，蛙声鼓、客乐悠悠。新时代，山清水秀，赞誉党恩酬。

东明湖公园

荷叶托出朵朵红，含苞绽放各摇风。

展裙舞女桃腮面，临水西施绮丽容。

嫩柳轻梳苍郁岸，佳人信步茂繁丛。

一湖垂钓宽闲处，鸥鸟旋飞唱客空。

鹧鸪天·游东明湖

四月香风景树攀，蝶飞芍药舞翩翩。静亭垂钓一湖水，幽径神聊百岁仙。　　游北岸，醉南山。画廊环绕颂歌传。楼阁眺望新城起，尽揽雕霞孟夏妍。

初夏游东明湖

悠阳绿叶新，风暖一园春。

静岸观亭榭，青荷渡鸟禽。

凭山阁鹤立，戏水侣舟临。

问柳先吟月，和诗伴雅音。

注：此作获"魅力东明"征稿三等奖。

◆ 吴建伟

浪淘沙·东明黄河滩区迁建

苦难一年年，九曲河滩。东明黎庶怎欢颜。党展拿云谋巨变，志写宏篇。　四载看攻坚，地覆天翻。万千广厦起平川。一诺千金今兑现，换了人间。

◆ 吴淑桢

游黄河森林公园

黄河岸边新景观，森林公园现眼前。

规模宏伟风景秀，远离闹市空气鲜。

平林茂盛飞鸟啼，湖阔水清鱼儿欢。

花木扶疏播香远，秋实盈枝采果甜。

曲径幽雅环境美，人在画中竞流连。

东明籍科考勇士张胜凯

张家后生意志坚，胜利登上南极巅。

凯歌嘹亮震寰宇，真才实学谱新篇。

综合国力大展示，科技兴邦咱为先。

英雄事迹举国颂，雄鹰展翅遨蓝天。

◆ 何素云

东明赞歌

入鲁黄河第一家，东明光耀灿中华。

客人共道西瓜好，举世都将武术夸。

书法热潮真似火，高龄老人更如麻。

山清水秀风光美，万里前程处处花。

◆ 宋仲秋

长东黄河大桥

一架二十里长的钢琴

横跨黄河东西

列车在钢铁的键盘上

弹奏出铿锵之音

这伟大的乐章里

响动着中原儿女的心声

看，黄河这盘磁带不

正录下祖国进行曲

◆ 张长奎

有感于"庄周梦蝶"

庄子当年蝴蝶梦，可叹无处觅真踪。

我侪今有凌云志，托起高飞中国龙。

◆ 张文领

东明高海公路

公路一条到北京，两旁花美树长青。

车流似水载希望，闪烁灯光照锦程。

脉脉含情通富裕，宽宽大度送福星。

蹉跎岁月何须忆，乐业安居梦早成。

◆ 张玉然

浪淘沙·滩区变迁（新韵）

昔日懒回乡，怕看荒凉，晴扬灰土雨汪洋。醉酒黄河心欲碎，谁慰愁肠？　今喜返家邦，满眼风光，奔驰宝马进村庄。滩建新楼接碧宇，疑是苏杭。

如梦令·东明湖（新韵）

信步东明湖畔，醉赏霓灯璀璨。曲径绕亭台，时有笙歌弥漫。赞叹，赞叹。胜似蟾宫仙苑。

赞东明（新韵）

古邑千年抱朴风，改革开放展新容。

公交免费人人赞，滩建扶贫户户宁。

五里河塘鸥鹭唱，万福文苑凤鹏增。

今逢党庆人心振，逐梦扬帆再启程。

望海潮·赞东明

悠悠岁月，长长历史，漆园多少贤名？秦帝察风，黄巢弑柳，庄生蝶梦歌轻。今日起恢宏，长桥亘黄水，天堑途通。经贸腾飞，喜传捷报启新程。　　塔林高耸天擎，有玉皇名企，石化头龙。庄子画廊，黄河湿地，园林曲径长亭。墨客步蜂拥。颂人和风朴，政畅国雄。胜景游人忘返，古道满诗情。

◆ 张立芳

东明县烈士陵园纪念馆

铁骨丰碑革命身，今朝塑立更精神。
誓言激荡青松颤，浩气升腾红日新。
拜祭文章长落泪，哀思花束不粘尘。
且看大道春风碧，逐梦加鞭砥砺人。

谒东明县烈士陵园纪念馆

东升旭日暖风牵，莺啭红歌荡碧天。
铁骨流芳书一页，青松涨势挺双肩。
聆听物语难为老，觉醒人生当向前。
长抱初心行砥砺，小康指处梦圆圆。

东明县烈士陵园纪念馆感吟

追寻圣迹捧花鲜，但许芬芳慰九泉。
英烈披肝拼百死，青松立骨挺双肩。
一轮幸福和平日，万里澄清锦绣天。
绿色东明红色路，初心奋进再加鞭。

◆ 张存金

庄 周

漆园小吏不识愁，道法自然无所求。

生不足喜死不悲，仪态万方逍遥游。

◆ 张秀娟

鹧鸪天·赞黄河滩区居民迁建工程

危改推翻简易棚，红文一号惠民生。挨家递送拆迁款，入户详谈致富经。　楼已起，业初荣，东明面貌焕然更。新居檐底飞来燕，如在春风画里行。

◆ 张建峰

鹧鸪天·黄河滩区新村建设礼赞

依岸长滩烟柳斜，祥光瑞气护桑麻。小楼敞院听啼鸟，大道新车披紫纱。　尝硕果，赏奇花，脱贫致富小康家。滩区不再罹洪患，甜梦醒来泪满颊。

注：此作获"魅力东明"征稿三等奖。

［正宫·风入松］赞东明老年大学庆建党百年文艺演出

琴弦乐奏韵铿锵，满座笑声扬。山歌唱起心花放，红绸舞动表衷肠。似海恩情不忘，百年再续辉煌。

鹧鸪天·省诗词东明研学班即兴

步入诗坛情愈痴,兴来每每忘张弛。技乏频探藏经路,艺尽欣逢送宝师。　　诠经典,授真知,钥门渐获万能匙。春风又绿南华苑,当为诗乡写赞诗。

〔中吕·喜春来〕东明玉皇新村小景

清风吻过夭桃面,柳浪摇开素玉烟。一湾碧水荡潋涟。人梦甜,何必慕桃园?

浣溪沙·东明辛丑元夕

七彩霓虹灿若霞,清辉洒下沐千家。层楼窗外看烟花。　　借得新词调玉液,拈来雅韵动琵琶。笙歌曼舞颂中华。

菏泽市诗词学会东明诗教采风即兴

浅唱低吟调抑扬,稚童雅曲逸轩窗。

访唐探宋温经典,青玉案前秋蕊香。

◆ 张树路

咏黄河入鲁第一县

泱泱九曲气纵横,万里最酣齐鲁行。

入海回头犹眷处,春风铺锦是东明。

注:此作获"魅力东明"征稿二等奖。

◆ 张效宇

鹧鸪天·朱口相约

吾爱毛公情挚深,约君朱口共诚寻。金身悦瞰长城壮,赤帜漫燃松柏阴。　　移草舍,蓄鸿金。筑亭建馆励民心。东明新景宣红地,佘砌高台惹泪襟。

◆ 张清海

沁园春·东明吟

帝命东昏,新莽复明,县署钦名。叹庄周梦蝶,会盟五霸,黄巢举义,刘邓神兵。依靠黄河,物丰民朴,史有英才灿若星。东方晓,望南华春景,万物争荣。　　初心不忘长征,再接力,奋飞摸索行。赞大河虹彩,通衢纵横,楼群若笋,水碧天青。石化西瓜,产粮武术,书法诸乡享著名。天下客,古邑邀尊驾,共享东明。

◆ 张　鹏

东明县焦园乡黄河滩区居民迁建记

昔时泛滥黄河水,毁我家园毁我田。
说到滩区思美政,想来秋季愿丰年。
村台筑起知多少,房屋修成景万千。
从此洪灾人不怕,安居圆梦自陶然!

◆ 张新荣

题东明南华公园庄子像（新韵）

历来正气壮河山，走近南华忆旧年。
塑像立于风水地，游人吟诵老庄篇。
无为无欲逍遥在，廉政廉明尧舜还。
一片祥云起环宇，大鹏展翅上蓝天。

注：此作获"魅力东明"征稿三等奖。

◆ 陈合朋

丁酉年再到黄河

纵目长桥上，方觉天地宽。
滩头农户隐，河里浪花翻。
古渡览兴废，长堤述苦甘。
悠悠东逝水，流淌韵千篇。

望海潮·东明

鲁西门户，黄河腹地，平原沃野苍茫。国道绕城，日东起点，雌雄跨水桥廊。书院矗堤旁。曲艺发祥地，习武之乡。文化名城，庄周故里，誉八方。　丰收堪喜农桑。正西瓜上市，蔬果飘香。湿地广垠，森林万亩，白鸥跹舞荷塘。林立化工昌。钻井随处见，昼夜沉扬。难阻普天贾客，商海弄潮狂。

兰亭梦令·再游高村水文站

菜花香远陌，苗麦绿平田。儿童三五放风鸢。驻步阿翁抬首望，指点笑眉弯。　长河熔落日，老柳罩黄衫，斜飞倦鸟掠霞天。渡静舟闲人影去，堤外袅村烟。

行香子·盛夏玉皇村

盛夏新村，静沐夕阳。浓荫绕，别墅楼堂。荷花摇曳，蔬果飘香。喜长湖碧，彩鱼跃，蛙声长。　　街灯初上，新月流光。环村路，散步纳凉。中心广场，音乐飞扬。有嫂姨舞，媪翁乐，少儿狂。

桂枝香·庄子观

东明雨后，酷暑日当头，蝉噪高柳。堤树枝繁叶茂，阳光难透。漫滩稼穑茅麓处，炊烟起，看瓜老叟。先贤故里，长河沃野，钟灵毓秀。　　道观矗，飞檐阔牖。劈棺梦方醒，化蝶舞袖。论道南华座满，布衣王侯。逍遥贫吏钓濮水，笑人权力功名斗。安时处顺，穷通自乐，任由评就。

临江仙·黄河滩

烟水苍茫接宇底，裹沙卷草深流。河阳渔叟摆轻舟。两滩农稼绿，一剪雁惊秋。　　泛滥黄河成历史，中华永泯悲愁。安居乐业弄平畴。谁人降水怪，我党运筹谋。

卜算子·东台寺

锣鼓伴琴弦，古戏连台唱。四月初八庙会天，祈佑人财旺。　　几度续香烟，碑断残垣傍。今遇国兴殿宇修，重塑众神像。

西江月·庄子墓

芦苇丛深轻荡，戚戚雁叫断肠。长堤黄水坠斜阳，一派寒秋景象。　　石兽残碑高冢，述说岁月沧桑。漆园傲吏五湖扬，物我逍遥两忘。

◆ 陈海江

黄　河

尽道华夏赖斯河，功不可没，过不可脱。千年长堤决口多，半是天作，半是人祸。　如今再无鱼鳖虞，培土固堤，植绿护坡。处处新村处处歌，国也强盛，家也和乐。

◆ 邵艳民

万福河

万福河上生金光，悠悠东去腾细浪。

莫道漆城无美景，一桥横卧摇春光。

◆ 邵爱魁

赞东明国际门球赛

国际门球聚东明，球坛豪杰竞雌雄。

迎来八方宾朋客，再显国威一鸣惊。

◆ 范黎青

东明礼赞

长河入鲁润奇葩，古邑青门绿玉华。

走笔漆园成旧泽，推窗汉室沐新霞。

襟怀大志蓝图美，步履雄姿勋业嘉。

放眼九州龙凤舞，征帆再鼓彩云拿。

◆ 罗 伟

清平乐·建党百年际过东明黄河滩区居民迁建区感赋

屋棚低矮，常受黄河害。水挟泥涂街道隘，一带人多癣疥。

换了十万新房，如林黛瓦红墙。夜夜衔杯笑语，寿当地久天长。

◆ 岳勇永

东明宰相：陈平李勣刘晏和王鹗

汉用陈平计，离间楚君臣。

刘邦胜项羽，开汉四百春。

陈平为右相，安刘定乾坤。

彪炳载史册，荣耀东明人。

名将徐茂公，兴唐为元勋。

官高至宰辅，文武集一身。

刘晏举神童，朝堂扮财神。

才高受谗毁，被杀痛人心。

王鹗事金邦，当时南北分。

归宋若南投，赵家自沉沦。

偏安轻社稷，可恨宋君昏。

父老望旌旗，空有岳家军。

◆ 周树民

过庄子墓

旷野始瞻庄子坟，低家颓废疑非真。

一抔黄土萎衰草，几只归鸦噪暮阴。

泰斗华章涵广宇，宗师论道义精深。

呜呼在世穷度日，死后辉煌未脱贫。

黄河森林公园漫吟

鬼斧神工运匠心，巨榕挽手作拱门。
矮如虎踞仰天笑，高似伞塔挂彩云。
叶绿虬枝思俏蕊，风抚赭蔓变鸣禽。
白鹤展翅迎佳客，紫气东来风唳音。

《庄子》读后漫吟二首

一

家贫织履居荒村，糊口贷粟叩富门。
昔日先生若应聘，何来动地惊天文。

二

人生不慕上青云，快意南华羞事君。
谁悟利名成腐鼠，途中曳尾自欣欣。

初冬登黄河大堤三首

一

日照远村缭暮烟，南风轻吹面微寒。
平畴谁染青青色，正是出游放牧天。

二

大河两岸肥沃多，一马平川好种禾。
堤似长城千里固，苍天不雨有黄河。

三

乍见长河落日圆，老身顿化天地间。
红尘一扫灵台净，何必蓬莱栖碧山。

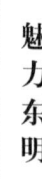

◆ 周素玲

五里河畔即景

新荷流水碧连天，成对鸳鸯来去闲。

两岸风轻杨柳舞，又听苇荡鸟声甜。

◆ 房文堂

游万福公园

吟友酒后兴致浓，游向公园趣无穷。

曲径通幽楼榭美，鱼游鸟唱百花红。

蜻蜓点水风惊起，长廊亭上客人盈。

遥望匾额幅幅画，何人不醉这风情。

◆ 承 洁

鹧鸪天·赞东明县农家书屋

谁道乡村知识荒？农家今日沐书香。田畴犹待翻新种，雅趣还从阅报量。　　垂柳下，北厅堂。闲来翁媪读文章。摘来瓜果同相品，未负书中金玉藏。

鹧鸪天·东明县西瓜脱贫攻坚路

万亩田畴技术攻，精心选种岂跟风。瓤红小玉翻新品，皮薄金瓜足富农。　　邻里带，敞心胸。更奔千里济秦中。炽怀一任酬丝路，不负初心大爱同。

水调歌头·东明县黄河滩区居民迁建有感

九曲浪吞岸,何日缚黄龙!百年洪涝常经,难诉苦无穷。忍看田畴付浪,忍看家园离散,民屋为洪冲。纵使坝重筑,无计阻洪峰。 移民策,新居建,禹之功。万幢佳构,青墙朱瓦画图中。从此滩区重建,奋力齐心治水,砥砺助三农。兴业安家梦,奋翼趁春风。

◆ 赵日春

赞东明西瓜

东明特产有西瓜,宋代传承独一家。

品种优良人点赞,个头硕大众皆夸。

国颁盛誉传扬广,民赞美质影响嘉。

传统桑麻千古继,西瓜良种惠中华。

鹧鸪天·谒东明庄子观感怀

大殿游观看正楹,庄周影像坐中厅。名贤诗赋书牌匾,妙手丹青绘彩屏。 思古圣,看东明,先贤故里展风情。百强金榜排头阵,各业繁荣奔锦程。

◆ 赵仁胜

东明赞(中华通韵)

皮薄个大味甘甜,地热石油气自然。

产业融合齐进展,名乡之众九州传。

◆ 赵允廷

游东明湖

四省东明交汇处，黄金通道物流惊。
东湖胜景游人醉，碧水鳞波船上行。
亭榭浮桥图画美，鱼鸥凫鸟眼中呈。
牡丹洲艳湖边翠，心喜狂欢兴致生。

◆ 赵怀敏

东明览胜感怀

登高壮览古户牖，大河万里经东流。
漆园民耕垄历历，白云士隐景悠悠。
桑梓风物归眼底，父老忧乐到心头。
鞠躬为民无他念，亦类庄生逍遥游。

行香子·梦还东明

薄纸糊窗，草炕坯墙。少年割草放群羊。补丁蔽体，难饱饥肠。盼锅中饭，筐中薯，碗中汤。　　祖荫惠我，山高水远，卅载漂泊到他乡。浮生荏苒，浊世苍茫。梦还家园，当庭坐，伴爹娘。

游白云山张良辟谷处

早年青眼恶风尘，总秉春秋褒贬人。
鸟径迢遥犹念蜀，鸿沟宽阔不缘秦。
自居窟穴成孤客，谁破沧桑度远津。
一枕南山天下足，逢源载道可安身。

望海潮·东明湖公园登高

黄河东逝，兵灾络续，东明帝敕南华。诸霸歃盟，留侯辟谷，延绵故道沉沙。几度夕阳斜。四季更迭久，饥苦无涯。稼穑千年，稻香深处是吾家。　　玲珑北苑精佳。有湖光一碧，台榭烟霞。亭立路回，花遮柳护，参差草木鱼虾。美景足堪夸。想临风坐帐，把酒烹茶。指点旗旌五色，万里泛浮槎。

高阳台·满城寻故城址

昨夜风疏，今朝气冷，逢迎天际行装。小憩当丘，留心树鸟琳琅。沉着积雨连秋土，掩花泥，地有余香。石间鸦，苦诉衷肠，梦寄幽篁。　　古来方物藏无尽，有松生绿发，枫著红妆。惜取分毫，倾情笔墨书囊。荣华富贵无关我，醉成眠，月挂西窗。顺沧桑，旱涝穷通，心自芬芳。

朝中措·忆东明一中

当年校傍古城堤，园外是田畦。坐爱村桥景象，忘怀科考闱期。　　经年客舍，青春已老，何处栖迟？无奈武陵杳远，返寻故地桃溪。

东明湖赋

仲夏慕凉，端午祭江，昼晷渐极，暑气未央。漆水之阴，白云之阳，湖馆落成，阊阖开张。气纳南华，阙朝东阳，承前启后，功德无疆。

源出漆水，址安故县。门对向阳主路，俯瞰兆亩阡陌；背倚黄河大堤，冲融四时变幻。浚泥沼而扩湖，依荒芜以置甸。广场巨石当阙，舆图嵌岩；额点鲲鹏，景引湖山。廊亭分峙，灯柱两班。柱周环铭古今诗词，启迪爱国明义；场北精雕城区古图，重现原隰形便。

五百亩烟波，借天光以成鉴；十二景秀色，采他石以叠峰。草铺地而作茵，木参天而成栋。鱼自由以沉底，鸟清啭以梳翎。风飘飘而衣举，日冉冉而气澄。慕吕庄高风，坐临榭钓台，吟李杜华章，驻近岸画亭。湖桥连阁，穿水陆以宛转；丝竹透窗，越檐牙以嘤咛。夜幕初上，琉璃通明。水潋滟流彩，泉喷薄射空。湖上霓裳舞仙韵，曲中鳞介摇龙宫。晶光属瑶池之精妙，荷风送方壶之清冲。

东瞻五岳，北仰七政。蕴巫山之隐隐，涵秋水之盈盈。人和乐以惬意，气氤氲而含情。感时局之雍熙，享复兴之大同。传子孙以福祉，期家邦之泰宁。

◆ 赵保枝

参观朱口毛泽东纪念馆有感

历史伟人毛泽东，人民怀念情理中。
万古千秋民心存，百姓心中太阳红。

大村巨变

以前村里臭水坑，杂草丛生多蚊蝇。
如今高楼拔地起，路宽街净灯光明。

雨后黄河景

河堤雨洗树犹青，绿染黄河似画屏。
点缀黄昏添几笔，那城灯火那天星。

◆ 赵统斌

东明风物图咏十二首

东明文庙

夫子惶惶别鲁天，安得雅思当圣贤。

南妃丽姿不可弃，阿谷风情亦解全。

国君托语五六句，弟学笃从两三千。

宝殿华堂后世造，空劳先师一场欢。

窦堌堆

商周鞍马遁，秦汉月朦胧。

经年不移志，逐日未了情。

云酿千层雨，雪飘万里风。

忽闻锣鼓响，夜戏正酣兴。

庄子观

尝为漆园吏，仍著烂布衫。

不虑进阶径，岂思入夜寒。

茫茫墓地草，青青道观砖。

南华真经在，世事渺如烟。

庄子墓

黄土一堆伴先贤，鹏飞蝶舞已化仙。

笑枕涛声长眠去，是非曲直自盖棺。

庄子雕像

举目长天外，何处不逍遥。

鹏飞千万里，蝶舞九重霄。

衣弊身难贱，心远品自高。

眼底有造化，胸中俗念消。

庄寨遗址

一袭黄水一层沙，泽野苍茫浮小鸭。

荒土千重藏珍异，霜天万里凝露华。

抱朴怀拙吟濠岸，栉风淋雨恋苦瓜。

生灵代代难穷己，处处无家处处家。

高村合龙碑

黄河咆哮声震天，一如野马脱缰拴。

长堤危殆浪飞卷，大坝喧呼水涡旋。

蚁穴溃口难逆势，村舍漂泊可扬帆。

官民勠力屠龙患，两月奏凯人心安。

小东湖遗址

风起鳞光逸汉韵，雪飞芦絮奏秦音。

根承祖脉生息旺，岸柳轻摇一湖春。

◆ 胡石生

东明黄河行

沿堤顺岸驾车行，行道林园尽翠葱。

花簇树丛红绿里，农家瓦舍比肩中。

西来涌浪腾飞马，东去飞漩吞猛龙。

落酒低吟金色水，放歌高唱大河风。

东明高村大坝观黄河调水调沙

登坝雄观天地间，大河东去入莱湾。

洪掀浊水千重浪，涛卷黄沙万里烟。

开启命门陆填海，牵出蛟首溜淘川。

安澜且看土堤伟，防险还当石坝坚。

游黄河东明段

拨冗难得一日闲，驱车独往大河滩。

穿行堤顶长城上，影倒红黄紫翠间。

云卷云舒云映日，水漩水泄水生烟。

坐拥芳草即歇憩，细数闲鸥去又还。

东明特色农业

始帝东巡定东昏，今观四野靓缤纷。

玫瑰薰草生紫气，芍药牡丹漫远馨。

日照瓜乡千顷碧，霞铺桃海万棵春。

一村一品成新业，一户一方富庶民。

东明黄河森林公园

黄河滩外巨堤东，四野苍茫一望中。

大树成林林吐绿，小桥流水水流红。

沙湖无际凭鱼跃，汀岛有涯任鹤鸣。

开拓僻乡成妙境，平衡生态惠民生。

东明沿黄新景

登临堤顶看河川，半是林烟半是田。

阡陌垄畴接道巷，杏花柳絮掩楼栏。

听鹤坐爱汀洲里，度步留连沙岸边。

抓把清风濡画页，掬抔金水洒诗笺。

母亲河畔

长堤短坝浪拍花，红瓦白墙柳倚斜。
春雨润锄亲土地，秋风张网笑鱼虾。
开闸流瀚甜黎庶，引水浇畴香豆瓜。
朝雾吻波双岸霭，夕阳燃漱一河霞。
黄河慈母堪相比，母亲河畔是我家。

黄河东明

几排涌浪几排漩，几片浮云几片天。
银麦金涛拍岸起，白滩绿屿引鸥还。
治河治污兴宏运，调水调沙安险澜。
万里黄龙歌滚滚，一抔天赐泪潸潸。

东明大平调

两杆尖号四大扇，击节巨梆震河山。
金戈铁马驰沙场，虎将雄兵战地天。
气沉丹田一声呕，云遏星坠五更寒。
八乡父老十分醉，平调一腔五百年。

庄子故里吊古

苍苍漆地芝麻吏，莽莽华山草木庵。
瓦缶梦蝶说旷世，蓑衣纶杆钓清闲。
三拒金礼辞国相，一握蝇毫擎地天。
千古圣踪湮灭去，迄今经典上云干。

庄子观览圣

崴嵬古刹倚堤崇，八十三阶登顶程。

檐上潇潇华山雨，廊下飒飒大河风。

南祐遗孙守祖业，北顾黄龙调头东。

一卷经书承教化，千年隐吏与日隆。

拜谒庄子墓

秃柳神鸦噪暮惊，荒滩枯草掩坟茔。

九旬裔辈守孤观，三点香烛照暗星。

淡隐南华终老日，苦镌济世《道德经》。

避祛名利喧嚣事，高枕长堤悟水声。

寻单雄信墓

一席之地挤湖东，古水荒蒲野鸟声。

衣冢湮灭无觅处，矮碑孤立乱芦中。

将军挥枪飞汗马，瓦岗横刀秋点兵。

仰首长天思渐远，中原鏖战转头空。

窦堌堆

雾沉墟岗绕灵烟，沙掩秦砖埋祭坛。

几度废兴堆故垒，一方地老对荒天。

石刀霍霍驱凶兽，篝火熊熊耀莽原。

人祖生息揖拜处，遗存留作古今谈。

题东明东台寺

一派恢弘起后梁，千年古刹共三光。
几经修圮随兴替，数次更名纪燹伤。
画栋雕梁龙滚脊，鸠工庀料兽骑廊。
晨钟暮鼓传声久，玉管灵烟绕日长。

过东明黄河抢险处

碑塔斑苔阅岁寒，苍杨老柳问知蝉。
金波一练河全束，绿岸双虹闸半关。
巨浪妄拍石坝阵，洪流岂漫稼禾滩。
当年巨险惊涛处，高筑金堤铸久安。

探东明高村黄河险工纪念处

咆哮黄河吼夏秋，纵横桀骜贯神州。
奔腾万载高原色，攻守千年战事休。
坝上斑驳功绩塔，堤腰苍翠雨烟楼。
枪声渐遂涛声远，浪静风平天际流。

清明瞻仰王高寨革命烈士陵园

石碑列列柏林青，陵墓幽幽萱草馨。
凭借寨壕敌外侮，还逐街巷出奇兵。
大刀砍洒腥风雨，土炮轰抛敌首凶。
血洒黄河芳百草，魂凝大地育新英。

望江南·黄河滩区扶贫迁建新村

黄河美，金水点银霞。翘首登台张目处，四边杨柳一街花，楼宇万千家。　　安住日，老少喜咿呀。休恋旧居说旧事，且新灶煮新茶，同品嘉年华。

归骑广场瞻单雄信、李勣塑像

纵缰并驾气如虹，挥槊齐驱万里风。

铁马冰河飞虎将，文韬武略卫国公。

舍身事主忠长在，割股托孤义不穷。

逐鹿中原烟灭去，一轮浩月耀东明。

◆ 胡冠金

森林公园遐想

黄河母亲东明走，森林公园岸边留。

鸟语花香草木盛，鱼肥鸭壮水波柔。

园中植物千万种，珍禽异兽天地游。

载歌载舞迎宾客，黄河文化亘古悠。

◆ 段麦贵

东台寺

东台庙宇源流长，古香古色蕴华章。

置身圣地添诗意，怀念先贤穆侍郎。

毛公亭

毛公亭下念毛公，热泪盈眶忠心生。
喜看中华今朝日，功高盖世似珠峰。

赞东明公交车免费

游遍全国各市县，乘车都须自付钱。
唯有东明是首创，群众受益笑开颜。

颂沈庄新建文化广场

开发区内好风光，经济文化两辉煌。
围村新铺水泥路，文化广场歌声扬。
青年爱跳交际舞，八十老翁下棋忙。
紧跟领袖习主席，脱贫致富奔小康。

◆ 段沛陆

东明石化赞

凯歌高奏捷报传，石化集团谱新篇。
销售惊超一百亿，科技创业再登攀。

贺东明老年书协成立十周年

秋高气爽菊花黄，鸿雁南飞又重阳。
拈笔挥毫抒壮志，赋诗填词谱华章。
展厅林林尽精品，异彩纷呈翰墨香。
老年书协十周岁，欢歌妙舞颂辉煌。

◆ 姚衍春

东明庄子钓台咏

黄河东去濮水来，庄周临风坐钓台。
神思逍遥飘天外，一部南华无量才。

◆ 秦存怀

感党恩，赞东明

百年华诞赞东明，劲舞欢歌颂党情。
民富国强兴伟业，时丰物阜庆升平。
道家文化滋斯土，烈士英魂沃此城。
抗疫脱贫双胜利，辉煌再创喜登程。

◆ 袁长海

瞻拜南华庄子观庄子像感赋

黄河入鲁景弥新，庄子仙居有郁芬。
危坐正襟心不待，独行特立道长存。
鲲鹏展翅南冥去，鹓凤鸣和瑞世临。
傲吏遗风今尚在，逍遥齐物亦辛勤。

读《庄子》二首

其一

芴漠无形化异常，茫然莫足适何方。
普天沈浊难庄语，蒙吏三言大道扬。
著述幽奇随和顺，言辞万变诡晖彰。
博弘恣纵深闳肆，稠适通天正昧芒。

其二

道居渊默胜溪清,素逝神人智慧宏。

存体穷生行大本,德馨心出物相生。

道听寂寂闻和景,其视冥冥见晓明。

虚至而供驰有宿,神奇莫测所能精。

鹧鸪天·普河(濮水)桥遗址怀古

濮水遗风今尚存,依稀可见正垂纶。楚王邀相何曾顾,曳尾涂中度夏春。　　渔父去,钓台沦,碑亭石刻有其神。当年庄子如应聘,哪得唐皇封真人。

鹧鸪天·游南华庄子观有感

巍耸长堤紫气生,南华仙观柳青青。庄周蝶梦成佳话,游客寻芳兴趣浓。　　吊先圣,品真经,自然和顺万人崇。千秋智慧开新页,万世传承天益清。

◆ 袁玉军

念奴娇·菏泽诗词之乡东明赞(苏轼体)

大河东泻,哺南华沃土,地灵人杰。堤柳轻吟千古韵,诗浪吞滩堆雪。香阵冲天,鲲鹏奋翼,曼舞庄生蝶。新声旧韵,母亲河畔响彻!　　喜看下里巴人,阳春白雪,一咏千声协。学子稚童翁媪聚,吟唱阳关三叠。石化欢歌,三农美韵,谱写新章页。一川诗浪,直倾东海谁遏?

◆ 袁东起

览玉皇新村

高楼别墅栋栋,翠竹绿树掩映。宝塔喷泉巨石屏,街道宽阔如城。庆明湖畔健身,文戈亭上陶情,鲜花相间缀草坪,行人如在画中。

◆ 袁仲温

黄河滩

万里黄河九道湾,湾湾似锁把龙拴。

波光闪闪平如镜,巨浪滔滔荡九天。

绿绿河滩庄稼好,青青果树果香甜。

龙王宫里颁新政,听命于民天下安。

富河滩

黄河万里浪接天,飞架一桥别渡船。

粮囤尖尖钱袋鼓,美食锦鲤是常餐。

亭台楼榭农家院,水电纵横如网连。

车水马龙美如画,蓬莱仙境到河滩。

◆ 袁安民

东明玉皇新村

庄周故里玉皇村,万紫千红景色新。

别墅高楼城市化,休闲娱乐大都群。

高端农业四时绿,生态田园七彩春。

各地宾朋齐赞叹,小康路上领头军。

◆ 耿金水

黄河入鲁第一县
改革如同搭舞台,西南此地展奇才。
头功当数东明县,他把黄河引进来。

◆ 聂振山

贺贤婿荣获省脱贫攻坚先进个人
春雷震彻洒祥云,擎举党旗情自欣。
心系脱贫肩重任,星披逐路理车群。
一腔热血铁能化,数载离愁汗觉纷。
答卷写成交日月,声声回响最高分。

◆ 徐月侠

东明颂
珠玉岂蒙藏,东明雷鼓扬。
地灵油气富,田沃果瓜香。
河浩儿孙悍,路通货殖昌。
睿才求业伟,发展赴斯乡。

◆ 高怀柱

东明竹枝新唱(组诗)
不怕三春露旱情,电机一启水流清。
村翁悄悄沿溪走,听见禾苗笑出声。

销 瓜

西瓜上市好收成，网店营销怎说清。

手机摄影功能快，张张彩照看分明。

村 叟

般般农具不能丢，梦里挥鞭常赶牛。

老伴嘟哝孙子怨，无端占了半边楼。

小脚婆婆

老逢盛世寿年长，小脚婆婆遇小康。

喜得迁居眼流泪，大呼：扶我上楼房。

◆ 郭小鹏

题黄河滩区居民迁建工程

村台迁建盈欢笑，环顾新宅更美了。

昔日泥滩绝水患，今朝仁政暖心窝。

幸福梦是安居梦，礼赞歌为乐业歌。

民众共弹协奏曲，由来好事未多磨，

东明黄河公路大桥

停车闲立在桥头，静倚栏杆忆旧游。

南北通途连鲁豫，烟霞落日照春秋。

黄河此去波犹荡，沧浪别来势未收。

两岸人今隔咫尺，笃行逐梦自奔流。

注：此作获"魅力东明"征稿三等奖。

◆ 黄有水

百年党庆赞东明

百年洗礼看东明,古县新姿万物荣。
三化齐推开伟业,四风同树顺民情。
大河踏浪轻帆驭,沃土铺金盛世迎。
庄子有知当喜慰,家山如画水云清。

注：此作获"魅力东明"征稿三等奖。

◆ 黄荣恩

笑看漆园换新装（五首）

一

神州大地春雷响,实现四化开新篇。
东明人民迈大步,砥砺奋斗四十年。

二

改革开放大潮扬,十亿尧舜斗志昂。
众志成城奔小康,硕果累累谱华章。

三

联产承包得富康,麦稻黍稷粮满仓。
林茂果丰飘清气,车水马龙到康庄。

四

油气开发厂兴旺,跻身全国五百强。
技术创新高质量,富民强县绩辉煌。

五

服务大众传统扬,书法之乡播四方。
文明和谐新气象,笑赞旧貌换新装。

◆ 萧若然

鹧鸪天·游菜园集镇南华庄子观

巍焕黄堤驻老仙，依山傍水柳含烟。庄生端坐思逍遥，香客闲来道自然。　诵经典，吊先贤，千秋传颂道经篇。若无傲吏曹州隐，不信今能万众攀。

鹧鸪天·参加南华庄子观落成典礼有感

大殿巍峨应肃然，雕梁壁画度流年。窗前梦蝶漆园里，桥上观鱼濠水边。　宋蒙地，楚威看，生平逸事后人传。无为岂谓真无用？哀宠敲盆竟逆天！

◆ 崔灿礼

门球场上

竞技场上众妪翁，门球健身阔心胸。
鹤发童颜比矫健，心细手稳争输赢。
精心运筹巧施计，审时度势出奇兵。
兴致勃勃满场跑，莫笑老夫像顽童。

◆ 崔茂盛

品庄悟道·齐物论篇

夫言非吹辩不及，道昭不道无此彼。
白马非马指非指，天地万物并生齐。
秋毫可大泰山小，朝三暮四今古异。
莫若以明道之枢，外忘功名内忘己。
庄周梦蝶逍遥境，已知推测未知喜。

忘年忘义游无穷，无是无非天人一。

品庄悟道·养生主篇

生而有涯知无涯，顺应自然保全身。
学如不及犹恐失，夫子见智道见仁。
庖丁解牛游余刃，无厚有间经世人。
善解牛者不易折，善处世者不易损。
养生尽已享天命，泽雉畜笼失本真。
顺天何苦遁天刑，薪尽火传是精神。

◆ 崔茂晨

2011年端午节全县诗词座谈会有感

一

高朋满座风流客，胜友如云倜傥人。
妙笔生花感日月，出口成颂泣鬼神。

二

汨江滚滚冤屈泪，楚地戚戚三闾魂。
笔剑千挥斥奸鬼，颂歌万唱赞良臣。

三

青山有意唱赞歌，绿水无心颂升平。
中外贤达《离骚》咏，古今史册书圣明。

四

各路诗家聚一堂，缅怀屈子激情扬。
高谈阔论倾心语，相得益彰深意长。

咏庄子四首

一

喧嚣极处是宁静，有为至顶却虚空。
一生悟得成妙道，天机尽蕴南华经。

二

功名利禄池水月，贫富贵贱空穴风。
修得无欲真谛在，纯洁教化万世功。

三

濮水垂钓非求取，惟探生灵强弱欲。
贤哲固明其中意，凡胎尚可悟几许。

四

借粮河监道自生，境界无上万念空。
人生最高是淡定，欲望直连水火坑。

东明公园漫步三首

一

凉风阵阵驱烦忧，石径弯弯连尽头。
花木萋萋香袭人，蜜言喃喃深荫留。

二

绿杨翠柳休闲亭，鸟语花香凉爽风。
赏景莫来荫下留，恐与情侣遗羞惊。

三

一池碧水微波漾，无数鲜花气息香。
千鸟共鸣歌唱美，春光如画胜天堂。

◆ 崔振奎

东明赞（古风）

东昏之地始皇定，新莽伪朝更东明。
冤句离狐隋唐地，南华县起在玄宗。
闵损庄周开先圣，陈平卜壶留美名。
单通遗冢东明湖，何处祭扫徐懋公。
若说千年尚为早，成化万历乃大明。
刘辅樊城卢学礼，韩魏房楠和石星。
袁葵邦亮穆员外，二百年间爆群雄。
人杰地灵难尽述，盛世百姓享升平。

◆ 商忠敏

咏东明黄河森林公园

花木葱茏百鸟翔，风光旖旎任徜徉。
游人如织乐欣赏，度假休闲好地方。

鹧鸪天·赞东明县

党政同心意志坚，创新改革敢争先。荒滩开发旅游点，湿地妆成花卉园。　　名远播，客流连；引来外汇助贫捐。工农腾跃虎添翼，大纛高擎勇向前。

◆ 鲁海信

礼赞东明

大河入鲁首祥地，油气丰盈武术乡。

碧海金滩优雅显，西瓜特产美名扬。

齐王阁秀望涛灿，庄子道贤传世昌。

历历辉煌青史耀，再图伟业挂帆忙。

◆ 鲁遂成

瞻东台寺感言

南华美誉因庄起，禅寺兴衰由代迁。

殿下穆公文采现，廊前游客竞相观。

儒家佛道本三教，互化互融求共言。

域外邪说且勿信，应将国粹永承传。

◆ 温敬和

东　明

　　长堤似龙，人杰地灵。滔滔黄河一弯抱东明。往昔英贤辈出，更留庄子遗风。万福河畔逍遥行，南华书院闻名。　　小区林立有序，大道八面畅通。冠名诗书画乡，传统淳朴民情。千顷沃野衬托着，长桥如虹，横跨西东。

◆ 温新月

赞东明老年大学（二首）

忆昔报国称忠良，离职不减志昂扬。
学海泛舟无止境，写诗作画度春光。

校园师生皆白发，古稀更觉学无涯。
诗词画印好养性，夕阳火红胜朝霞。

◆ 鲍大雪

黄河二首

一

万里黄河出巴颜，奔腾咆哮向海边。
从来清浊混淆易，自古泥沙分辨难。
华夏文明谁哺育？神州沃野赖淤填。
独立苍茫看历史，兴亡沉浮不计年。

二

天上来水久知名，挟风驱雷气势雄。
永不回头归沧海，谁有豪气锁黄龙？
忠奸淘尽关天数，利害无常叹众生。
老夫有兴逢治世，指日当见黄河清。

参加庄子研讨会

庄子故里几家争，爬经梳史考真凭。
一席论证动群彦，从此先哲属东明。

访庄寨庄子墓

一抔黄土野草衰，西风残照万古哀。

哲人其萎梦何在？空有蛱蝶绕坟台。

访南华山

南华妙道传千古，南华山颓荡然无。

真经撰就逍遥去，陵谷时变失旧庐。

◆ 蔡浩彬

沁园春·咏东明新发展

百载风华，一面红旗，入我眼前。记雄涛奔注，云生贾水；芳林荟萃，月照城关。犹想当时，植根热土，赤纛风开涌壮澜。从头越，向牡丹都市，再续诗篇。　　东鱼河奏鸣弦，看儿女舒怀敢奋先。有陵园浩气，欣呈文旅；扶贫骏业，轩矗龙鸾。驰誉西瓜，兴工石化，灯火人家追梦圆。情慷慨，趁缤纷盛世，跃马扬鞭。

◆ 管恩锋

浣溪沙·窦堌堆文化遗址

历史长河三断层，千年书卷育民生。探寻往事到东明。

汉墓残碑文化路，黄河古道火烟情。一方厚土自欣荣。

◆ 樊景兰

魅力东明（新韵）

一

魅力东明千古县，粮食华夏产高昂。

石油奉献优良好，石化集团五百强。

二

黄河故县沃田积，依水风光富鸟栖。

锦鲤花鲢时跳跃，怡神赏景钓游鱼。

鹧鸪天·东明新面貌（新韵）

喜看东明面貌新，高楼大厦近白云。街头道路宽平净，免费公交满载人。　　人有幸，爱倾心。长廊亭内诵诗文。唐诗宋韵精华继，文化传承社稷魂。

[双调·胡十八] 万福公园

湖水清，小舟荡。长廊凉，柳花扬。水中亭里赋诗狂。老年大学忙，字画挂满墙。门球场，红歌高声唱。

满庭芳·东明（新韵）

花海怡神，清波适趣，家乡锦绣欣荣。黄河亘古，三面绕东明。园艺四时景焕，惠民措、歌舞升平。重生态，果蔬荟萃，鸥鹭燕啼鸣。　　东明才俊涌，庄周故里，五霸集盟。武术乡，诗书绘画闻名。宏伟双桥矗立，亚洲最，跨越西东。新村望，列楼别墅，境况日提升。

◆ 潘民生

咏庄子雕像

濮水垂纶未曾见,甩钩静坐握长竿。

二人对弈分赢负,三友相约聚大贤。

幻化通灵梦蝶处,逍遥论道卧华山。

漆园虽是弹丸地,经史堪称集大观。

◆ 薄基俊

黄河边遐思组诗

一

祖居傍河不知年,河性暴虐世代传。

多少生命卷入海,几多民众失家园。

党领人民恶龙锁,安澜已超八十年。

"决堤""泛滥"成过去,数亿人民得安然。

二

黄河安澜梦今圆,变害为利谱新篇。

黄水淤灌压盐碱,不毛之地成良田。

池澄水清民食用,水质甘美又安全。

昔日谈河如谈虎,今日谈河多美言。

林林总总大变化,党的领导是本源。

◆ 薄慕周

沁园春·东明

百里仙都,千载漆水,万顷画廊。看黄河浩荡,锦鳞戏水,高楼蔽日,翰墨飘香。塔罐如林,管笼似网,滚滚精油走四方。凝眸望,赞新城秀丽,石化芬芳。　倾心似梦风光,叹故地名家圣手狂。慕庄周妙笔,逍遥雅赋;乡民巧手,治困神方;岁月轮回,人间过往,喜爱家园日日强。惊回首,见花红古县,又换新装!

注:此作获"魅力东明"征稿一等奖。

鹧鸪天·东明(新韵)

水险河弯举世惊。亭台楼榭似皇宫。

风吹稻黍千层绿,雨润商家万里红。

心欢畅,舞轻盈。常疑此地是京城。

神仙阆苑谁来绘,万众齐声颂党功。

[中吕·满庭芳]东明滩区今昔(通韵)

叹过去滩区破房漏风,沙尘滚动,河水无情。喜今天政府快刀治愈滩区病,滩建先行。大厦起摩天吻星。住新房群众欢腾。千年梦在今日成,钦佩党英明。

[中吕·山坡羊]东明滩区搬迁素描

阔街宽道,美家丽校,搬迁万户眉腮笑。摇摇晃晃木头桥,透风漏雨土坯窑,三年两水村庄泡。今日变成回忆谣。爹,喝醉了;娘,把扇摇。

〔中吕·山坡羊〕东明滩区搬迁小调（通韵）

天天儿盼，年年儿盼。千年一梦新房见。你搬迁，我搬迁。哥们快似离弦箭。敬党三杯楼面前。香，因梦圆，甜，因梦圆。

〔双调·折桂令〕游东明湖公园（通韵）

瞧演武廊边挥拳弹腿生风，垂纶轩上线落鱼惊，南华园中舞步轻盈。看颤巍巍翁媪相招，笑哈哈孩童乱蹦，叽喳喳鸟过凉亭。笑眯眯振翅轩前摄影，哗啦啦喷泉妙乐声声。锣鼓响美女才倾，听得老汉欢心，笑得老伴难行。

夜游东明湖公园（通韵）

金星谁撒碧湖间，树影偷偷去把玩。

塑像亭台楼榭立，长廊灯柱玉碑眠。

子牙垂钓银波上，雄信执矛骏马边。

更有喷泉如梦幻，轻歌曼舞伴琴弦。

〔中吕·十二月带尧民歌〕东明县滩建礼赞

（过去的滩区）黄沙漫天，（过去的滩区）黄水疯癫。（过去的滩区）三年两淹，（过去的滩区）房倒屋坍。（过去的滩区人）年年苦盼，（过去的滩区人）泪水潸潸。（带）喜今天党叫俺搬迁，看千亩村台赛平原。瞧高楼大厦上摩天，听笑语欢歌似神仙。大联欢，心如品蜜甜。脸比红花艳。

满庭芳·东明县油田学校诗教采风（晏几道体）

课下吟词，堂前作曲，敲成佳句行行。钢琴伴奏，诗赋韵铿锵。曲画联姻最妙，诗伴舞，步步情长。轻挥手，千人齐诵，撼地动穹苍。　　爱童声稚嫩，唱红暮色，吟醉朝阳。令国粹，今声古韵同扬。朵朵诗花词蕾，将来会，遍地飘香。乘云去，漂洋过海，让世界芬芳。

东明书画院即景（新韵）

翁媪铺宣与案齐，欧颜赵柳笑中题。
笔飞上下身心醉，忘却须白汗透衣。

东明滩建工地见闻

泥浆喷吐浪花鲜，夯落惊飞鸟半天。
裂地崩山滩建曲，乘风荡到彩云边。

◆ 穆青田

喜归故里观光

大河蜿蜒仍向东，童年往事已随风。
杞茅白沙今何在，黍稻绿畴一望中。
钻塔声抻点碧落，虹桥飞架锁黄龙。
村村新居突兀起，窈惋碣坊尽无踪！

◆ 穆绪刚

满江红·寄黄河安澜

大河东去，纳百川九曲万里。翻史册，横空独往，杜蒋掘溢。浊浪怒吼绝鸡鸣，白骨露野饿殍泣。引无数豪杰展雄略，浮水去。　　新中国，尽舜禹；梯平湖，惊环宇。释恒能千丈，狂澜安逸。漫坡翠荫锁黄龙，淘沙固尾荒岸堤。问冯夷何时掀风浪？帆波碧。

古今东明

黄龙戏珠，破云涛旭日东升。多豪杰，南华真人，羽扇懋功。七龄神童巢斩柳，石坊林立白云洞。尽文韬武略垂千古，天柱擎。　　贯高速，油气丰；堑三桥，衢纵横。献漫滩绿金，荡波万重。碧瓜驰名涌矿泉，遍地生玉百贾争。共挥毫泼墨绘宏图，飞彩虹。

◆ 戴文红

东明文化中心开馆庆典（通韵）

文化中心盛典行，画师学者亮高风。
卅幅力作倾情献，公益兰堂惠众生。

东明县城风光

南北双河景岸长，园林处处富亭廊。
红梅桃李风筝艳，月季蒲荷百鸟昌。
垂柳波光多钓趣，绿茵幽径好乘凉。
灯辉晨曲身心悦，书画诗词雅韵扬。

凤来朝·东明湖新貌（通韵）

梦幻喷泉放，五一呈、醉人景象。少时嬉戏处、翻新样，畅行路、水亭靓。　　草木鲜花屏障。阔东湖、鸟飞客往。　变静谧、为时尚。汇映、乐园享。

一斛珠·夜游体育公园、东明湖公园（新韵）

双园游涉，歌声舞曲多娱乐。亭台楼榭桥石卧，塑像层林，波涌襟怀阔。　　音乐喷泉欢夜色。一湖光影痴来客。任由风爽情难舍。哪似曾经，冷月陪幽陌。

新中国成立七十二周年观东明职工书画展

霪雨凄凄诉苦秋，敞厅书画引人留。
牡丹花盛夺风雅，山水云熙亮眼眸。
篆隶楷行功力展，勾皴擦染太平讴。
青春暮老同台竞，入耳师评顿悟收。

双韵子·菜元集1号新村写生有感（新韵）

白墙黛瓦，列楼广场，宽街平道。旧居待换新宅，晴宇下、红灯俏。　　家园貌，心中烙。经多少、铭怀忆绕。感怀故迹难寻，留画卷、频拍照。

山东诗词学会专家来东明讲座有感（新韵）

何幸诗坛送惠风，文明千载脉相承。
倾心桃李德泽布，齐鲁当先正气行。